Kurt David

Der Spielmann vom Himmelpfortgrund

Kurt David

Der Spielmann vom Himmelpfortgrund

Illustrationen von Renate Jessel

Der Kinderbuchverlag Berlin

Einband von Bernhard Nast

ISBN 3-358-00740-5

Draußen in der Vorstadt

Ein grauer Himmel hing schmal und schwer über der Gasse. Die Häuser duckten sich unterm Schnee, Wind wehte über frierende Weingärten, und der Knabe wurde geboren. Das fahle Mittagslicht wagte sich schüchtern in die enge Stube. Eine Uhr tickte, deren Pendel mit seinem matten Schatten hin und her schwang.
Der Vater hatte die Kinder hinausgeschickt. In blauen Wollstrümpfen lief er über die Diele und trat an das Bett seiner Frau. Mit einem weißen Tuch wischte er ihr den Schweiß aus dem Gesicht und sagte, ein Stück Schwarzbrot reichend, leise: »Schweiß und Brot liegen im Leben für die meisten dicht beeinander.« Sie nahm das duftende Brot und biß hinein. In ihren Augen blitzte Schmerz.
»Ich hör nur die Uhr! Atmet es noch?«
»Es atmet, Elisabeth!« Er beugte sich über das Neugeborene. »Laß mal, das Schreien lernt er.«
Plötzlich begann der Knabe zu wimmern, zart und unaufdringlich begrüßte er die Eltern, die düstere Stube, die große Welt, obgleich ihn diese Welt noch nicht hörte und er noch nichts von ihr wußte. Doch etwas mußte es in seinem kleinen Reich schon geben, das ihn enttäuschte; denn seine roten Fäustchen fuchtelten ungelenk vor seinem Gesicht. Über das blasse Antlitz der Mutter aber huschte ein zärtliches Lächeln.
Das Haus, in dem das geschah, trug den Namen »Zum roten Krebsen« und stand unweit des Wienerwaldes und des Kahlenberges *am Himmelpfortgrund*, ein Name, der von einem alten Kloster herrührte, ein Ort, der mehr Dorf als Stadt war und in dem es mehr Kinder als Brot gab. Neben Handwerkern wohnten hier draußen vor allem Arbeiter und Tagelöhner, die in die Seidenmanufakturen gingen, in einer Porzellanfabrik, Brauerei oder Ziegelei ihren mäßigen Lohn verdienten.
Als der Tag verlosch, entzündete der Mann eine Kerze und beriet sich mit seiner Frau, welchen Namen sie dem Neugeborenen geben

sollten. Während sie überlegten, entnahm er dem Tischkasten ein blaues Heft, auf dem zu lesen stand: »Geburts- und Sterbefälle in der Familie des Schullehrers Franz Schubert.« Dieses Register sowie die längere Überlegung, wie der neugeborene Sohn heißen solle, schienen schon deshalb notwendig, weil der Knabe das zwölfte Kind der Ehe war und acht Kinder bei der Geburt oder kurz danach wieder gestorben waren.

»Nennen wir ihn Franz«, sagte der Vater, »Franz, wie unseren guten Kaiser Franz.« Er schaute hinüber zu seiner Frau und wartete, bis sich ihre blauen Lippen ein wenig öffneten.

»Ja, Franz soll er heißen, Franz – wie du.« Sie sagte es müde und fast teilnahmslos, als fürchte sie, auch dieses Kind könnte nicht lange leben.

Daraufhin schrieb der Schulmeister Franz Theodor Florian Schubert in seine Familienchronik neben der Nummer zwölf das Datum vom 31. Januar 1797 und den Namen Franz.

Begleitet von seinem Bruder Karl, trug er tags darauf den Knaben, in eine lederne Decke gehüllt, in das nahe gelegene Liechtental, wo er in der Pfarrkirche »Zu den vierzehn Nothelfern« getauft werden sollte.

Der Kooperator, ein Hilfsgeistlicher namens Wanzka, wartete in der Sakristei auf sie und führte die Brüder mit dem Bündel in die Kirche zum Taufstein, betete, betupfte die Sinnesorgane des Knaben mit einem öligen Wattebausch und besprengte ihn mit Weihwasser. Da die Sonne schien, fiel das bunte Licht der hohen Glasfenster auf ihre Gesichter. Unter dem steinernen Kirchenhimmel war es kalt. Die silbernen Orgelpfeifen blickten schweigend und wie zu Eis erstarrt auf den Täufling und seine Umgebung.

Wieder in der Sakristei, beglückwünschte der Hilfsgeistliche den Vater zur Geburt des Kindes und bestätigte auf dem Taufschein, »daß Franz Schubert ein ehelich erzeugter Sohn des Herrn Franz Schubert, Schullehrer, und dessen Ehegattin Elisabeth geborene Fitz, beide katholischer Religion, am Himmelpfortgrund Nr. 72 geboren und am

1. Februar 1797 von dem Kooperator Johann Wanzka im Beisein des Herrn Karl Schubert, Schullehrer, als Paten, in hiesiger Pfarre nach christkatholischem Gebrauch getauft worden ist«.
Beim Abschied sagte Herr Wanzka: »In seiner Güte hat der Herrgott acht Ihrer Kinder frühzeitig zu sich genommen, vielleicht vollbringt er in seiner unermeßlichen Liebe diesmal das Wunder und schenkt diesem Knaben Franz ein längeres Leben.«
Der Schulmeister Schubert dankte und schritt mit seinem Bruder und dem in Leder gehüllten Bündel unterm Arm wieder hinaus in den Winter und durch die Gassen am Himmelpfortgrund, vorbei an sechsundachtzig Häusern, bescheidenen Hausungen, in denen dreitausend Menschen eng beieinander wohnten.
Der kleine Franz blieb am Leben, zum Glück der Menschen, die da waren und noch sein werden.

Die Schuberts stammten aus Mähren. Sie hatten als Bauern und Holzfäller gearbeitet und an den Rändern des Hochwaldes gewohnt, unter Schindeldächern und auf fürstlichen Wiesen und Äckern. Karl Schubert, Ortsrichter im mährischen Neudorf, angesehen und wohlhabend geworden, hatte zwei seiner Söhne zur Ausbildung als Lehrer nach Wien geschickt, in das Wien Josephs II., eines Monarchen, der die fortschrittlichen Reformen seiner Mutter, Kaiserin Maria Theresia, übernahm und erweiterte, indem er die Erziehung dem Klerus entzog, die Leibeigenschaft beseitigte, Handel und Manufakturen förderte. Einer dieser zwei Söhne des mährischen Ortsrichters war Franz Theodor Florian Schubert, der spätere Schulmeister am Himmelpfortgrund und Vater unseres kleinen Franz. Ein energischer Mann, ernst und fromm, gutherzig und streng, immer darauf bedacht, seinem Kaiser zu dienen und zu gehorchen, auch wenn es nicht mehr Joseph war, der herrschte, sondern Franz II. Dieser Kaiser hob fast alle Reformen seiner Vorgänger wieder auf, führte eine Schulpolizei ein, die nicht nur Kinder und Studenten, sondern auch Lehrer überwachte, ließ die Josephiner verhaften, einen Teil hinrichten oder zu lebenslangem Kerker verurteilen, weil sie sich der Aufhebung der Errungenschaften unter Joseph II. widersetzten.
So wuchs Franz mit seinen älteren Brüdern Ignaz, Ferdinand und Karl, zu denen sich später noch eine Schwester Maria Theresia gesellte, unter einer Erziehung auf, welche die Herrschaft Kaiser Franz' II. als einen natürlichen und von Gott gewollten Zustand ansah.
Die ersten Jahre vergingen, und dem kleinen Franz war, als wüchse nicht er, sondern sein Vater, der ihm immer größer erschien, unerreichbar groß, da er alle Fragen beantwortete, Verbote aussprach, Strafen verhängte und unentwegt als einziger tadelte. Die Mutter blieb dagegen gleich; sie erzählte abends am Bett kleine Geschichten, die er verstand, gut verstand, die er liebte und oft wiedererzählt ha-

ben wollte, während er Vaters dunkle Worte manchmal nicht begriff. Und die Mutter konnte lächeln und weinen, was der Vater anscheinend nie vermochte.
So blieben in Franzens kleiner Seele nur jene Erlebnisse lebendig, die schön waren und ihn reich machten, schön wie Blumen auf einem kargen Boden.

Sie waren umgezogen, in ein Haus der angrenzenden Vorstadt Rossau, das »Zum schwarzen Rössel« hieß und in dem sich das Schulzimmer seines Vaters befand.
Vor dem Hoftor blühte eine Akazie.
Die Sonne schien, und ein italienischer Salami- und Käseverkäufer schrie durch die Gasse: »Salamini – Keso! Salamini – Keso!« Eine Schar Kinder umringte ihn, darunter der kleine Franz. Unter dem breitkrempigen schwarzen Hut des Verkäufers glänzte sein braunes Gesicht. Die Frauen im Hof verließen den Brunnen und ihre Waschtröge, rochen an Käse und Salami, scherzten und kosteten; zwei kauften Käse und wickelten die dicken gelben Scheiben in ein weißes Tuch.
»Salamini – Keso!« schrie wieder der Verkäufer und wanderte in den nächsten Hof.
Ein paar Kinder rannten hinterher.
Franz blieb unter der schattigen Akazie und hörte die Stimme seines Vaters aus dem Schulzimmer. »A – B – C – D – und alle!«
»A – B – C – D –«, antwortete der kleine Chor, und die hellklingenden Stimmen flatterten in das Geäst des blühenden Baumes, schlüpften unter das grüne Blätterdach, wo sie verstummten.
»A – B – C – D – E«, buchstabierte der Vater, und ein voreiliger Junge rief: »E – wie Esterreich!«
»Dummkopf«, sagte der Vater, »E – wie Esel!«
Die Kinder lachten. Franz aber lächelte unter dem Fenster. Er wußte, daß Österreich mit Ö geschrieben wurde und daß nach D – E und F kamen; denn er hörte es Tag für Tag, früh wie mittags, und er kannte

alle Worte, mit denen der Vater den Kindern das Alphabet beibrachte. Er sagte: A – wie Apfel, B – wie Brot und C – wie Cäcilia. Und bei Cäcilia hielt er sich immer etwas länger auf, fügte hinzu, daß sie die Schutzgöttin der Kirchenmusik und Erfinderin der Orgel wäre.

Auf der Gasse ritt eine Schar Offiziere mit ihren Damen vorüber. Sie saßen auf prächtigen Schimmeln und trugen fesche Uniformen, an denen sich Franz nicht satt sehen konnte. Die Knöpfe blitzten in der Sonne wie Gold, und in den tief herabwehenden Seidenkleidern der Damen raschelte der Reitwind.

Aber all das, was Franz hier sah, angefangen beim italienischen Salamiverkäufer, über Vaters Alphabetstunde bis zu den reitenden Offizieren, war nichts, nichts gegen das, was er bei einem Spielmann empfand, was in ihm klang und jubelte, wenn ein Spielmann durch die Höfe zog. Der Salamiverkäufer rief und sang immer das gleiche, der Vater buchstabierte immer das gleiche, die Offiziere und ihre Damen saßen immer auf prächtigen Pferden und ritten immer in gutsitzenden Uniformen und kostbaren Kleidern. Aber der Spielmann! Der Spielmann in seinem abgewetzten Rock, der brachte immer neue Melodien und neue Worte in die Gasse, als schöpfe er seinen Reichtum aus einem Brunnen, dessen Tiefe nur ihm zugänglich wäre.

Während Franzens Vater oft in der Familie vom Kaiser sprach und sich Franz diesen Monarchen nicht gut vorzustellen vermochte, lediglich dachte, der Kaiser muß so sein wie Vater, sonst würde er ihn wohl nicht lieben, wünschte sich der Junge in seinen Träumen, der beste Spielmann müßte Kaiser sein.

Auch an diesem sonnigen Frühlingstag, als Franz den Reitern nachblickte, bog ein Spielmann in die Gasse. Er ging in zerrissenen Schuhen und blickte aus flinken kleinen Augen, die listig und lustig umherschauten und von welker Haut umgeben waren.

»Holt's alle Leut, nur nicht die Schiefgucker«, rief er, zog seine Geige aus einem Beutel und stellte sich unter die Akazie, spielte, sang,

tanzte, lachte, weinte, fiedelte seine Melodien in die Herzen der Frauen und Männer, Mädchen und Jungen, die begeistert in die Hände klatschten. Und der kleine Franz klatschte mit. Wenn er auch etwas abseits stand, so nur aus Scheu und Bewunderung. Der Werkelmann, wie man die Leute nannte, sang ein Liedchen, in dem die Worte vorkamen, daß Tanzen auch Gottesdienst sei, ein Beten mit den Beinen. Als ein schnauzbärtiger Polizist vorüberschritt und mißtrauisch unter seinem Helm hervorguckte, wandelte der Spielmann die Melodie ab und besang den Kaiser und dessen unendliche Güte. Allerdings ließ er dabei die Geige sehr kläglich jammern und den Fiedelbogen auf den Saiten kratzen, als gälte es, sie durchzusägen. Aus dem pfiffigen Lächeln des Spielmannes, der mit dem Instrument vor dem Gesicht des Polizisten herumfuchtelte, konnten die meisten Leute entnehmen, weshalb die Geige so jämmerlich klagte. Der kleine Franz Schubert fand bald heraus, daß ein Spielmann nur dann gut musizierte, wenn kein Polizist in der Nähe stand.

Selbstverständlich hielt der Musikant, nachdem er geendet hatte, dem Polizisten zuerst seinen Hut hin; denn jetzt sammelte er Geld für sein Spiel, das die Leute gern gaben.
Der Uniformierte tippte mit den Fingerspitzen an den Helm und ging weiter, ohne eine Münze in den Hut geworfen zu haben. Dadurch waren sie den Mann am ehesten los, und der Musikant wanderte zufrieden in den nächsten Hof, hinter ihm der kleine Schubert, der vor Eifer das Schulzimmer seines Vaters und das Buchstabieren vergessen hatte.
Als er dem Werkelmann nicht mehr folgen konnte, weil der schon am Ende der Gasse sang und spielte und wohl, wie Franzl dachte, durch die ganze schöne Welt zog, blieb er in einem fremden Garten stehen und hörte in der Ferne immer noch die Melodie, die, leiser werdend, mit den Vögeln davonzuschweben schien.
In einer nahen Werkstatt wurde gehämmert.
Sägen ratschelten.
Und dann klimperte jemand auf einem Klavier. »Ping – ping – ping –«, pinkerte es, und der Ton schraubte sich höher.
Hämmern.
Ratscheln.
Pinkern.
Franz trat an das Fenster der Werkstatt, blickte durch eine trübe Scheibe und ein dahinter zitterndes Spinnennetz, das mit Sägespänen vollgespritzt war. Ein weißhaariger Mann stand vor dem Klavier, drückte mit dem rechten Zeigefinger ein und dieselbe Taste und hantierte mit der linken Hand im Leib des Instrumentes.
Plötzlich rief hinter dem Jungen eine Stimme: »Grüß dich Gott, Bub!« Franz drehte sich erschrocken um und entdeckte einen barfüßigen jungen Tischlergesellen, der auf einem Stapel breiter Bretter umherkroch und herablachte.
»Grüß Gott«, sagte Franz, und er hatte es leise gesagt, so schüchtern, als fürchte er, der Mann könne gleich zu schimpfen beginnen und ihn fortjagen.

»Tu mal deine Hand da drauf«, sagte der Geselle und deutete auf ein Brett, das obenauf und in der Sonne lag.
»Warm, es ist ganz warm«, meinte Franz und tastete das Brett ab.
»Jaja, warm sind die, warm wie – hm – wie das Gesicht deiner Mutter.«
Woher weiß er, daß meine Mutter ein warmes Gesicht hat, dachte Franz und betrachtete den jungen Mann. Es ist wahr, Mutters Gesicht ist warm. Bei Vater weiß ich es nicht.
Der Geselle kletterte vom Stapel, schulterte drei Bretter und brachte sie in die Werkstatt. »Komm mit, oder hast du Angst?«
Angst hatte er keine. Der Tischlergeselle fragte ihn nach seinem Namen.
In der Werkstatt roch es nach Holz und kochendem Leim. Klaviere standen stumm herum, weiße, schwarze, große, kleine; am Fußboden ringelten sich Kupfer- und Messingdrähte, die in der Sonne wie Schlangen schillerten.
»Such dir eins aus, Franzl!« sagte der Geselle. Der weißhaarige Mann, der in einer Schachtel zwischen Elfenbeinplättchen wühlte, schob seine Brille hoch, beguckte den kleinen Jungen und lachte.
»Was soll ich mir aussuchen, Herr?«
»Herr! Herr!« antwortete der Geselle. »Ich bin kein Hausbesitzer vom Brillantengrund[1]! Zu mir kannst du Joseph sagen, Joseph oder Sepp, wie du willst. Und aussuchen sollst du dir ein Klavier. Du möchtest doch klimpern, nicht?«
Franz errötete vor Freude, wollte dem Gesellen noch erzählen, er möchte Spielmann werden, immer neue Melodien hervorzaubern, und sagen wollte er dem Manne auch, daß er erst richtig glücklich sei, wenn er Musik höre, wenn seine älteren Brüder mit dem Vater musizierten. Aber kein Wort sprach aus seinem Mund. Er lief auf ein Klavier zu, stolperte über eine Tannenholzplatte und fiel hin.
»Aber Franzl«, rief der Geselle, »tret mir nicht auf den Resonanzbo-

[1] Gemeint ist die Vorstadt Schottenfeld

den fürs Klavier des Fürsten Grobschinsky, der gnädige Herr würd es mir übel ankreiden.«
Er schämte sich und wäre am liebsten fortgelaufen, wenn da nicht das Instrument gewesen wäre, das Klavier, das ihn ansah. Zu Hause hatten sie auch eins. Aber da er noch zu klein war, durfte er nicht spielen, nicht klimpern. Sein Bruder Ignaz spielte und entlockte mit seinen Händen, die wie flinke Käferchen über die schwarzweißen Tasten krabbelten, dem Instrument zart schwingende Melodien, die ihn erschauern ließen vor Freude und traurig stimmten vor Wehmut. Und sie offenbarten ihm auch Bilder: Lichtwarme Sonnenblumen standen vor weißen Wolken, strahlten, als wären sie selber Sonnen, barfüßige Kinder liefen neben Offizierspferden her, neben den Hufen und im rauchenden Staub, Bettler baten um Almosen, Regen fiel auf mattrote Dächer, Hoftore quietschten, Vater malte große Buchstaben in ein Heft, Mutter lächelte, und der Spielmann kam; alles wurde zur Musik, wenn er Musik hörte, um alles schlangen sich Melodien, glückliche und traurige.
Der Tischlergeselle erhöhte den Klaviersessel mit einer kleinen Kiste und hob Franz hoch. Nun saß er mit baumelnden Beinen vor dem Isntrument, und sein Gesicht glühte wie eine Feuerblume.
»Jetzt kannst du klimpern, Kapellmeister«, sagte Joseph, »wir klopfen, sägen und hobeln dazu. Das stört dich hoffentlich nicht?«
Er schüttelte den Kopf. Nein, das störte ihn wirklich nicht, im Gegenteil, er dachte: Je mehr sie sägen, hämmern und hobeln, desto weniger hören sie mein Geklimper.
Und sie klopften auch sofort tüchtig drauflos; Joseph und der weißhaarige Alte arbeiteten mit einem Eifer, als wäre der kleine Franz gar nicht anwesend oder als hätten sie seine Gedanken erraten.
Er betrachtete die lange Reihe der Tasten, unter denen das Reich seiner Phantasie verborgen zu sein schien. Auch die Melodien zu Mutters Märchen und Rittergeschichten mußten hier drin schlummern, denn wenn sie erzählte, hörte er in der Ferne Musik. Behutsam tippte er mit dem Zeigefinger auf eine Taste. Ein Ton erklang,

schüchtern und so leis, wie er geweckt worden war. An diesen ersten Ton reihten sich in Franzls Gedanken sofort viele Töne, die er nun auf dem Klavier suchte und nicht fand oder so spät fand, daß er sie nicht mehr brauchen konnte. Aber darüber war er nicht unglücklich, vielmehr entdeckte er, daß das Reich der Töne unerschöpflich ist und daß es galt, Ordnung in die unzähligen Klänge zu bringen. Das war eine lohnende Aufgabe, schön und aufregend. Drückte er die letzten Tasten auf der linken Seite des Instruments, grollten die Töne wie ein schauerlicher Donner, der in Bergen und Wäldern dröhnt, drückte er auf die letzten Tasten auf der rechten Seite, hämmerten die Töne wie eine Schar lustiger Finken im Wipfel einer hohen Tanne. Und in der Mitte! Da wohnte das Herz der Musik, immer hörbar, trotz Tiefe und Höhe, die es einschlossen.
Von dieser Stunde an lief Franzl Tag für Tag in die Werkstatt, zum Tischlergesellen Joseph und zu dem schweigsamen Alten; sie ließen den Knaben klimpern, sicherlich in dem Glauben, dies wäre nicht mehr als ein kindlicher Zeitvertreib. Und sie ahnten nicht, daß in dem kleinen Franz Schubert, Sohn eines Vorstadtlehrers, eine Welt erwacht war.

Nur einmal gibt es das auf der Welt

Franz Theodor Florian Schubert, der dem Tischlergesellen nahestand, erfuhr von den heimlichen Klavierübungen seines jüngsten Sohnes in der Werkstatt. Er war sehr angetan von dieser Nachricht und sagte zu seiner Frau: »Da scheinen ja alle unsere Söhne etwas Musik im Blute zu haben, und wenn es auch nur soviel ist, wie sie als künftige Lehrer benötigen werden.«
Die Frau lächelte. Sie wußte, ihren Mann beseelte ein Gedanke: seinen Kindern eine gute Zukunft zu sichern. Diese Möglichkeit sah er im Beruf des Lehrers. Und ein Lehrer mußte singen und musizieren, Rohrstock wie Fiedelbogen gebrauchen können.
Also lehrte Vater Schubert seinen Franz, der jetzt zur Schule ging,

das Geigenspiel, obwohl er es nur mäßig beherrschte und schon nach Wochen spürte, daß ihm sein Junge weit vorauseilte.
»Herr Vater, hier möchten Sie gefehlt haben«, unterbrach Franz manchmal während eines Duettes plötzlich das Spiel; denn sein Lehrer war aus dem Takt geraten und hatte eine Sechzehntelnote hinterhergefiedelt.
»Von vorn«, sagte der Vater und dachte: Das ist mir einer, der Junge hat ein drittes Ohr. Allerdings, es geschah auch, daß sich diese Unterbrechungen häuften und der Vater in Verlegenheit geriet. Da er glaubte, seine Autorität könnte unter dem Tadel leiden, sagte er gereizt: »Ich bin heut so unkonzentriert, weißt du, Franzl, meine Gedanken sind noch in der Schule.« Franzl nickte und begann unverdrossen wieder mit dem Vater das Spiel.
Schlimmer war es, wenn Vater behauptete: »Na, ich glaube, diesmal warst du es, der falsch gespielt hat. Was meinst du, Franzl?«
Da wurde er rot. Nein, er hatte nicht falsch gespielt, keinen Ton zu

tief oder zu hoch gegriffen, keine Note ausgelassen. Und nun verdächtigte ihn Vater? Unsicher begann er mit seinem Lehrer das Duett von vorn, immer noch die Röte im Gesicht, die Anschuldigung im Kopf, die Aufregung in den Fingern. Und da verspielte er sich, stolperte über ein paar Noten, brach das Spiel sofort ab, senkte beschämt den Kopf. Seine Wangen brannten.
»Aber jetzt warst du's, Franzl«, triumphierte der Vater und tat so, als wäre es weiter gar nichts.
»Ja, Herr Vater, ich hab gefehlt.«
»Siehst du, das kann jedem passieren«, antwortete der Vater sanft und glaubte, sein Ansehen wieder aufgebessert zu haben.

Als der Knabe acht Jahre alt war und schon bei seinem Bruder das Klavierspiel erlernte, brachte ihn der Vater in die Singstunde zu Herrn Michael Holzer, dem Chorregenten der Liechtentaler Pfarrkirche, einem würdigen und klugen Lehrer, der mehrere Kinder unterrichtete. Der Unterricht war kostenlos. Die Knaben mußten zu den Messen im Chor singen oder im Orchester spielen. Da er in dem kleinen Schubert sehr bald seinen begabtesten Schüler vorfand, lehrte er ihn gleichzeitig das Orgelspiel und die Harmonielehre.
»Du kommst immer donnerstags pünktlich um drei«, sagte Herr Holzer.
Und Franzl kam immer donnerstags pünktlich um drei, saß mit dem Chorregenten auf dem Orgelbänkchen, spielte, hörte zu, träumte und erwachte erst, wenn es von der Turmuhr vier schlug. Dann war er traurig, daß die Stunde schon vorüber war. Manchmal gab Herr Holzer etwas zu, zwanzig oder dreißig Minuten, aber danach zog er die goldene Uhr, die er zu seinem Jubiläum von einem Hofrat geschenkt bekommen hatte, aus der Westentasche und sagte: »Ich muß jetzt weg, Franzl. Wenn du magst, kannst du bleiben.« Und im Gehen bemerkte er: »Den Schlüssel gibst beim Kirchendiener ab.«
Franz blieb. Die Klänge der Orgel rauschten über das weite Kirchenschiff dahin, schwebten zu dem steinernen Gewölbe hinauf, umto-

sten Säulen und Altäre, Kronleuchter und Heiligenfiguren, dröhnten im Gebälk der Empore. Und im Herzen, im Herzen des kleinen Franz, der wie ein Zwerg vor dem Riesen Orgel saß.
Aber auch hier kam der Tag, an dem Michael Holzer mit seinem Schüler zu Vater Schubert ging und sagte: »Solch einen Schüler hab ich noch nicht gehabt, Herr Schulmeister. Nein, solch einen nicht. Immer, wenn ich ihm etwas Neues beibringen will, weiß er's schon. Folglich gebe ich ihm keinen Unterricht, sondern unterhalt mich bloß mit ihm und staune ihn stillschweigend an.«
Der Vater betrachtete seinen Jungen wohlwollend. »Das freut mich, Herr Chorregent. Schließlich soll er mal ein tüchtiger Schulmeister werden, und da wird ihm die schnelle Auffassungsgabe sehr von Nutzen sein.«
»Schulmeister?« Der alte Holzer trat einen Schritt zurück. »Der muß mehr werden als ein Lehrer.«
»Mehr?« Schubert konnte sich nicht vorstellen, was mehr war als Lehrer.
»Ja, mehr! Dieser Kerl hat doch die Harmonie im kleinen Finger.« Der würdige alte Mann glühte vor Eifer.
»Bis dahin ist ja noch viel Zeit«, versuchte die Mutter zu beschwichtigen.
Franz lief zum Fenster und blickte auf die Gasse, als interessiere ihn das Gespräch nicht. Er summte etwas vor sich hin. Eine elegante Kutsche, gezogen von zwei feurigen Hengsten, jagte vorüber. Der Diener stand hinten drauf, schwarz und steif wie aus Ebenholz geschnitzt.
Franz hörte, wie sein Vater zu Herrn Holzer sagte: »Von Musik kann man nicht leben, Herr Chorregent. Sie ist schön, und ich liebe sie, sie ist wunderschön, die holde Frau Musica, aber sie macht nicht satt. Mit Noten kann man keine Familie ernähren.«
Herr Holzer fragte, ob er sich setzen dürfe.
»Bitte.« Vater Schubert deutete auf einen Stuhl.
Der alte Mann nahm Platz, klemmte seinen Spazierstock zwischen

die Knie und stülpte den schwarzen Zylinder auf den silbernen Knauf. Er holte tief Luft, seufzte, schaute zum Schulmeister und sagte mit andächtiger Stimme: »Mit Noten kann man keine Familie ernähren, sagten Sie. Aber Sie übersehen, lieber Schulmeister, daß ein Genie erst sein Werk sieht, sein Schaffen an diesem Werk – und dann das Brot. Und so leben früh sterbende Genies länger als spät sterbende Satte.«

»Genies! Verehrter Herr Holzer, Genies! Das Blut steigt mir in den Kopf.« Vater Schubert ging zur Wand und zeigte auf ein Mozartbild. »Hier, ein Genie! Fast verhungert, jawohl, verhungert, beigesetzt in einem Massengrab, in einem Armengrab der Stadt Wien!«

»Aber nicht vergessen, lieber Herr Schubert. Er kommt Tag für Tag in Ihre Stube, in die Salons der Reichen, in die Kirchen und Wohnungen der Ärmsten, auch wenn sie nur eine Geige oder gar nur ein paar gute Singstimmen ihr eigen nennen können. Aber er ist unter uns, lebt und spricht in Noten zu Ihnen, zu mir, zu uns allen, in Noten, die unsterblich sind und ihn nicht ernährten.«

»Verhungert ist er«, wiederholte der Schulmeister hartnäckig und lief in der Stube auf und ab.

»War seine Musik daran schuld?«

Schubert schwieg. Er blickte zu seiner Frau, die am Herd hantierte und mit der kleinen Therese flüsterte.

»Oder Gott?« fragte Holzer. »Vielleicht der Kaiser?«

»Warum nennen Sie nicht seinen Vater, lieber Herr Holzer? Der konnte nicht früh genug ein Wunderkind aus dem Knaben machen, mit ihm von Hof zu Hof, von Land zu Land reisen«, antwortete der Lehrer und nahm erregt der Therese einen Löffel aus der Hand, mit dem sie fortwährend auf ein Holzscheit trommelte. »Einen anständigen Beruf hätte er ihn erlernen lassen sollen. Für die Musik, die wir alle lieben, wäre noch genug Zeit verblieben.«

Er ist nahe daran, sich zu versündigen, dachte Michael Holzer. Dieser Vorstadtlehrer ist so vernagelt, daß man nicht weiß, wie man ihm beikommen kann. Der Chorregent schwieg.

Indessen summte Franz am Fenster unentwegt sein Melodiechen, schaute auf die Gasse, die Häuser, die Spatzen, die Bäume, und es schien, als habe er nicht auf das Gespräch gehört, das Vater und Holzer seinetwegen führten. Die Brüder Ignaz, Ferdinand und Karl standen bei einem Scherenschleifer. Die Klingen blitzten in der Sonne.
Plötzlich sagte Franzl: »Ich hab's, ich hab's!« Drehte sich um und rannte durch die Stube, vorbei an Holzer, vorbei am Vater, hinüber zum Klavier.
Stille.
Selbst Therese hielt die Holzscheite ruhig in der Hand und schaute zu ihrem Bruder.
Franzl spielte.
Das schlichte Melodiechen atmete Anmut und Liebe.
Die Mutter verhielt und schaute auf ihren Jungen, wie es nur eine gute Mutter vermag.
Der Vater zeigte Stolz und dachte an die Zukunft.
Und die Augen des alten Holzer glänzten. Er sagte: »Genies gehen ihren eigenen Weg. Und es gibt nichts, was sie aufhalten könnte, nichts – gar nichts.« Er nahm Stock und Zylinder, trat zu Franz, beugte sich hinab und meinte: »Sollte das nicht ein Wiegenliedchen sein, Franzl?«
Verschämt stand der Junge auf. »Ja, Herr Chorregent, ein Wiegenliedchen für Therese.«
»Brav war's, Franzl, wie ein Gänseblümchen, das sanft hin und her schaukelt.«
An der Tür wandte sich der Alte um und brummelte: »Und wir streiten uns, Schulmeister Schubert, wir streiten und reden. Geantwortet hat der Junge, der Franzl! Grüß Sie Gott, ich muß zur Kirche«
Die Tür knarrte.
Der alte Mann war gegangen, und der Vater sagte: »Hast mir viel Freud gemacht, Franzl.«
Als er im Bett lag, summte er Therese noch einmal die Melodie vor.

Sanft streifte der Wind die Äste der Akazie, die im bleichen Mondlicht schimmerten. Eine Turmuhr schlug. Und der erzene Ruf klang durch die Nacht.
Die Sterne blickten in Franzls Augen.
Therese war eingeschlafen.
Er dachte wieder an das Melodiechen. Summte es erneut. Mein Liedchen. Das habe ich mir zurechtgesummt. Es ist ganz neu, neu wie das Lied eines Spielmannes. Nur einmal gibt es das auf der Welt, ein einziges Mal. Mein Liedchen!
Und Vater sagt zu Herrn Holzer: »Von Musik kann man nicht leben.«
Ich möchte sagen: Herr Vater, und ich könnte ohne Musik nicht leben!

Die Kaiserin gießt selbst den Kaffee in die Tassen

Der Sommer des Jahres 1808 war heiß und trocken. Franz streifte in seiner Freizeit durch Wiesen und Felder, beobachtete die Bauern bei der Heumahd, lauschte dem Posthorn, sah den Forellen zu, wenn sie blitzschnell in klaren Bächen dahinschossen. In den Weingärten leuchteten die weißen Kopftücher der Winzerinnen, auf den Dächern der Häuser knatterten Wetterfahnen. Das alles war schön, ergötzte ihn, ihn, der wie ein Suchender das Land am Himmelpfortgrund jeden Tag neu entdeckte.
Als er an einem dieser heißen Tage nach Hause kam und der Himmel überm Haus »Zum schwarzen Rössel« gütig herniederschaute, wartete in der Stube der Vater.
»Setz dich, Franzl.«
»Herr Vater?«
Es war schwül. Ein Windstoß fuhr in die Zeitung, die der Schulmeister in der Hand hielt. Sicher war es eine gute Nachricht, die Franz Theodor Florian seinem Sohn mitzuteilen hatte, denn die Mutter schien sie schon zu kennen und lächelte.

»Eine günstige Gelegenheit für dich, Franzl.« Vater faltete die Zeitung auseinander. »Eine ganz große Gelegenheit.«
»Und welche, Herr Vater?«
»In der Wiener Zeitung steht folgende Kundmachung. Ich lese vor, Franzl, hör gut zu.«
Der Vater wies auf einen dicken Bleistiftstrich, den er am Rande angebracht hatte. Dann las er so laut und langsam, als stünde er auf einem öffentlichen Platz vor versammelter Menge: »Da in der kaiserlich-königlichen Hofkapelle zwei Sängerknabenstellen neu zu besetzen sind, so haben diejenigen, welche eine dieser Stellen zu erlangen wünschen, den 30. September nachmittags um 3 Uhr im k. k. Konvikte am Universitätsplatz Nr. 796 zu erscheinen und sich der mit ihnen sowohl in Ansehung ihrer in den Studien gemachten Fortschritte als auch in ihrer in der Musik schon erworbenen Kenntnisse vorzunehmenden Prüfung zu unterziehen und ihre Schulzeugnisse mitzubringen. Die Konkurrenten müssen das zehnte Jahr vollendet haben und fähig sein, in die erste Grammatikal-Klasse einzutreten. Wenn die aufgenommenen Knaben sich in Sitten und Studien auszeichnen, so haben sie nach der allerhöchsten Anordnung auch nach Mutierung[1] der Stimme im Konvikte zu verbleiben.«
»Ach«, sagte Franz. Das besagte zunächst nichts, das war weder ablehnend noch zusagend; er wußte nicht, ob er sich freuen oder nicht freuen sollte. Was war ein Konvikt überhaupt? Und Mutierung der Stimme, was bedeutete das? Die Schulzeugnisse sollte er mitbringen? Davor hatte er keine Furcht, die Zensuren waren gut.
»Wo ist der Universitätsplatz, Herr Vater?«
»Drin in der Stadt, Franzl.«
Er war noch nie in der Stadt gewesen. Sicher waren da nur Häuser, Steine, Kirchen. Sollte er vom Himmelpfortgrund und den angrenzenden Vorstädten Liechtental und Rossau weg? Von den Wiesen, Gärten, Feldern, Bächen? Gab's drin in der Stadt auch Spielmänner?
»Freust du dich, Franzl?« fragte der Vater. Und da Franz nicht gleich

[1] Stimmwechsel

antwortete, fügte er hinzu: »Wenn du dran kämst, das heißt, wenn du die Aufnahmeprüfung bestehtst, wär's eine große Ehr für dich, dort zu studieren.«

Franzl überlegte: Als er vor einigen Monaten zum ersten Mal in der Liechtentaler Pfarrkirche in der Messe ein Sopran-Solo singen durfte, hatte Vater vorher auch gesagt, das wäre eine große Ehre. Und als sein Bruder Ignaz zur Lehrerbildungsanstalt kam, hatte Vater auch von der großen Ehre gesprochen, die dem Ignaz zuteil werde.

»Herr Vater«, fragte der Knabe, »ist es auch eine große Ehre, wenn ich zum Tischlergesellen Joseph gehe?«

»Depp«, tatsächlich, diesmal lachte Vater, »der ist doch in keinem kaiserlich-königlichen Institut, sondern in einer Klavierwerkstatt, Franzl.« Danach erklärte er ihm, was das Konvikt war, nämlich ein kaiserlich-königliches Gemeinschaftshaus für Gymnasiasten, in dem sie in allen Schulfächern unterrichtet würden und vor allem viel zu musizieren hätten.

»Du wirst sogar vor dem Kaiser singen«, sagte der Vater und stand groß und aufrecht vor seinem Sohn.

»Vor dem Kaiser?«

»Ja, vor dem Kaiser, vor seiner ganzen Familie.«

»Allein, Herr Vater?«

»Ach was – allein. Als Hofsängerknabe zu den Messen in der Hofkapelle.«

»Und wohnen wirst du auch im Konvikt, Franzl«, mischte sich die Mutter ein, »wohnen und essen.«

»Dann muß ich von hier fort, Frau Mutter?«

»Natürlich«, antwortete der Vater.

Und die Mutter beeilte sich hinzuzufügen, er dürfe aber an den Sonntagen nach Hause, was den Vater wiederum veranlaßte zu bemerken: »Aber nur, wenn du gute Zensuren bekommst und dich anständig beträgst.«

»Und dort muß ich Schulmeister werden, Herr Vater?«

Franz Theodor Florian Schubert wich der Frage aus. »Dort kann man alles werden, alles, kaiserlich-königlicher Beamter, Jurist, Pfarrer, was man so will, alles eben.«

»Alles?«

»Alles!«

»Auch Kaiser?«

»Kaiser wird man nicht, das ist man, sozusagen – schon bei der Geburt Franzl.« Der Vater wunderte sich, weshalb sein Sohn ihn nicht fragte, ob man dort auch Komponist werden könne. Und weil er fürchtete, die Frage möchte jeden Augenblick gestellt werden, schnitt er das Gespräch mit einer energischen Handbewegung entzwei und sagte schroff: »Was soll die viele Fragerei, Franz?« Franz hatte er gesagt, nicht Franzl; Franz, das sagte er immer, wenn er einen Schlußpunkt unter ein Gespräch setzen wollte. »Alles hängt jetzt von der Aufnahmeprüfung ab, von dir also.«

Franzl hingegen hatte gar nicht die Absicht zu fragen, ob man dort auch Komponist werden könnte. Das war für ihn schon nicht mehr Wunsch, sondern tief verwurzelte Gewißheit, die aus seinem Herz zu reißen niemand fähig gewesen wäre. Und lernen wollte er gern, deshalb freute er sich auf das Konvikt.

Am Tage der Prüfung trug er einen lichtblauen Rock. Mit dem Vater schritt er hinunter zur Stadt, über die Vororte Grinzing und Döbling, heitere Dörfchen mit Obst- und Weingärten, und da es Herbst geworden war, lehnten in vielen Apfel- und Birnbäumen lange Leitern. Über der Donau hing ein milchiger Dunstschleier, der mit dem Fluß träge dahinkroch.

Der Vater kargte mit jedem Wort. »Sammle dich, denk an nichts als an die Prüfung.« Das war der einzige Satz, den er auf dem langen Weg sprach, und er sprach ihn, als sie die Wiener Innenstadt betraten. Wieviel hätte es da zu erzählen gegeben. Sechs- und achtstöckige Häuser ragten in den Himmel, Häuser mit hohen weißleuchtenden Fenstern, Balkonen und Veranden; über die hinaus wuchsen die Kirchtürme und blickten mit starren Augen auf den Zauberwald aus Stein. Glocken dröhnten in dunklen Gassen, Peitschen knallten, Kutschen jagten vorüber, einspännig, sechsspännig, Fußgänger schlenderten an altem Gemäuer entlang, die Herren in Zylinder und Frack, die Damen in bauschigen Kleidern, verziert mit tausend Fältchen und Rüschen, gekrönt mit einem Kopfputz aus Federn von Reihern und Paradiesvögeln. Franzens Gedanken an die Prüfung wirbelten in dem Gewimmel und Gewühl davon. Er sah vor Palästen steife Diener auf breiten Freitreppen, schritt mit dem Vater durch das kühle Tor einer Bastei und wunderte sich, staunte und hatte zu schweigen.

»Jetzt sind wir da«, sagte der Vater. Sie waren eben an einigen Obstständen vorübergegangen, und Franzl hatte den Duft der frischen Früchte noch in der Nase. Aber er erschrak nicht über Vaters Nachricht. Natürlich, die Prüfung mußte er jetzt ablegen. Er würde sie bestehen, ganz bestimmt! »Ich fürchte mich gar nicht, Herr Vater!,«

Franz Theodor Florian sah entsetzt auf seinen Jungen herab und schwieg. Er jedenfalls hatte sich immer vor Prüfungen gefürchtet.

An der Tür des Konvikts standen ein paar Jungen, die auch aufgenommen werden sollten. Als sie Franzls lichtblauen Rock sahen, meinte einer: »Das ist gewiß der Sohn eines reichen Müllers, dem kann's an nichts fehlen.«

Dann stand Franzl unbefangen vor einem langen Tisch, an dem der Hofkapellmeister Salieri und andere Herren saßen. Und die Herren schauten mit so finsteren Gesichtern auf ihn, daß er lieber auf die schmucke gelbe Weste des Herrn Hofkapellmeisters blickte. Sie stellten ihm einige Fragen, die er mühelos beantwortete. Sie forderten ihn auf, ein Liedchen zu singen. Und er sang, sang mit schöner, reiner Stimme, sang wie auf dem Chor der Liechtentaler Pfarrkirche »Zu den vierzehn Nothelfern«. Er traf die Töne korrekt und sicher, sah, wie der Hofkappellmeister lächelte und wie dieses Lächeln von einem Gesicht zum anderen wanderte.

»Ausgezeichnet«, sagte der Hofkapellmeister, »bravissimo Francesco Schubert.«

Die übrigen Herren nickten.

Nur der Gesangslehrer des Konvikts, Herr Philipp Korner, hatte noch eine Frage. Er wollte wissen, welche Instrumente er spiele.
»Geige, Klavier und Orgel, Herr«, antwortete Franz.
Vater wie Sohn verneigten sich tief vor der Prüfungskommission und verließen den Raum. Der Schulmeister war glücklich und nahm seinen Sohn in einem düsteren Korridor des Konvikts in die Arme, küßte ihn auf die Stirn und sagte: »Brav hast's geschafft, Franzl, sehr brav! Komm, wir gehen in ein Wirtshaus, und dort kauf ich dir eine Portion Ochsenfleisch, nachher kriegst einen Becher Gefrorenes.«
So hatte Franz seinen Vater noch nicht gesehen.
Sie schritten durch den Schatten des Stephansdomes und hinein in die Goldschmiedegasse, in der das Wirtshaus »Zum goldenen Reb-

huhn« lag. Bereits draußen hörte Franzl eine Geige seufzen und eine Männerstimme singen: »Verkauft's mei Gwand, i fahr in Himmel.« Der Geiger stand in einem Winkel, zu seinen Füßen ein Glas Wein.
Das Wirtshaus »Zum goldenen Rebhuhn« war kein Restaurant mit Billardsälen und Spielzimmern für Fürsten und Grafen, eher eine Stätte für Holzträger, Fiaker und Handwerker, die gesellig beieinandersaßen, Wein tranken und erzählten. Der Wirt, bärtig und dick, stand mit aufgekrempelten Hemdsärmeln und vorgebundener weißer Schürze hinter dem Ausschank.
Vater Schubert, der kein Wirtshausgänger war und dem auch nichts von der berühmten Wiener Gemütlichkeit anhaftete, bestellte für Franzl die Portion Ochsenfleisch und den Becher Gefrorenes, während er sich nur ein Glas Zuckerwasser leistete. »Schmeck'ts, Franzl?« »Gut, Herr Vater. Es ist überhaupt sehr schön hier, so lustig und gemütlich.« Sein Vater fand es weder lustig noch schön und gemütlich; denn es war ihm viel zu laut, zu eng, und nein – das war ungeheuerlich, drüben am Stammtisch saßen vierzehn Männer um einen großen

Tabakstopf, in den sie ihre Pfeifenrohre gesteckt hatten, die nun dampften und qualmten. Deshalb die geschwärzte Decke und die verräucherten Wände.
»Iß nur, Franzl«, mahnte der Vater, »damit wir hier herauskommen. In der Höll kann's nicht viel schlimmer sein.«
Plötzlich drängten sich an der Tür viele Menschen. Selbst die Zecher am Stammtisch vergaßen ihre Pfeifenrohre, reckten die Hälse. Und der Wirt kam hinter seinem Schanktisch vor, verbeugte sich tief und sagte in den Lärm hinein: »Welche Ehr! Welche Ehr!« und streifte hastig seine Hemdsärmel herab, dienerte und kratzfüßelte.
Über die Wirtshausschwelle war ein Mann getreten, der einen abgetragenen Kaputrock – einen Soldatenmantel – trug, leutselig grüßte, nickte, lächelte und sich durch das Gewühl der Menschen drückte. Einer seiner Begleiter schrie: »So machen's doch Platz für Seine Majestät!« Er ruderte wie ein Schwimmer in der Menge. »Platz da, passen's auf, werden's doch Seine Majestät nicht so quetschen!«
Natürlich hatte sich Vater Schubert längst erhoben. »Steh schon, Franzl, aufstehen, hörst!« Der Knabe gehorchte. »Der Kaiser ist's, welch eine Ehr!« Und der Schulmeister Schubert verbeugte sich so tief, daß Franzl fürchtete, sein Vater könnte mit dem Kopf in die Portion Ochsenfleisch tunken und alles verderben.
Während sich beide verneigten, flüsterte Franzl seinem Vater zu:
»Und wann dürfen wir uns wieder setzen, Herr Vater?«
»Wenn Seine Majestät Platz genommen hat, Franzl.«
»Und wenn der Kaiser stehen bleibt, Herr Vater?«
»Majestäten setzen sich immer.«
»Aber's Wirtshaus ist voll, Herr Vater?«
»Siehst's doch, sind schon ein paar aufgestanden und gegangen.«
Tatsächlich, der Kaiser Franz nahm Platz, und so durften sich Vater und Sohn auch wieder setzen. »Ich hatte schon Angst, Herr Vater, meine Portion Ochsenfleisch wird kalt.« Das klang nicht allzu respektvoll, was Franz zu seinem Vater sagte, obgleich sich der Junge über den abgetragenen Rock Seiner Majestät und den Besuch in einer

so gewöhnlichen Gaststätte wunderte. Er hatte sich einen Kaiser prachtvoller vorgestellt, und nun war ein Mann in das Wirtshaus gekommen, der einem mittelmäßigen Kutscher glich.
Der Kaiser saß mit seiner Begleitung an einem Eichentisch, musterte die Leute, sah sogar einmal zu Franz Theodor Florian Schubert herüber, der sehr erschrak und so lange erstarrt saß, bis Seine Majestät geruhte, seine Augen anderswohin zu richten. Franz blieb von den Blicken des Monarchen verschont und löffelte die letzten Stückchen Ochsenfleisch, freute sich insgeheim aufs Gefrorene.
Der Vater, die feierliche Stunde und den großen Augenblick genießend, hatte mit einemmal nicht mehr das Bedürfnis, schnell aus dem Wirtshaus zu verschwinden, obwohl die Pfeifenraucher am Stammtisch weiterhin lustig qualmten und sich in eine ungeheure blaue Dunstwolke hüllten, die selbst ein kaiserliches Augenpaar nicht zu durchdringen vermochte; nein, der Vater saß aufrecht an seinem Platz und erzählte dem kleinen Franz, daß Seine Majestät ein einfacher Mensch sei, in schlichten Kleidern gehe, jeden Tag die Messe besuche und jeden Morgen pünktlich um sechs Uhr mit der kaiserlichen Familie auf der prächtigen Terrasse des Burggartens zu frühstücken pflege. »Und denk dir, Franzl, die Kaiserin gießt selbst den Kaffee in die Tassen.«
»Und sie kocht ihn auch?«
»Das gerade nicht«, flüsterte der Vater.
»Geht er oft in solche Wirtshäuser, Herr Vater?«
»Sehr oft, Franzl. Das ist ja seine Spezialität.«
»Sie sagen immer, Herr Vater, wer ins Wirtshaus geht, bringt sein Glück um.«
»Aber Franzl«, der Schulmeister schielte zu Seiner Majestät, »Franzl, bei Kaisers ist das anders, die gehen nicht ins Wirtshaus trinken, sondern die mischen sich unters gemeine Volk. So ist das, Franzl.«
»Aha, Herr Vater.« Er schleckte das Gefrorene. Wirklich, der Kaiser hatte nur eine billige, rötlich gefärbte Limonade vor sich stehen. Und er trank nicht einmal. Die Limonade stand da und wurde schal.

»Und warum trinkt er nicht, Herr Vater?«
»Wozu, Franzl, der Kaiser hat zu Haus feinere Limonaden. Die hier bestellt er bloß, um – sagen wir – um den Wirt nicht zu verärgern.«
»Und was macht er sonst alles noch, der Kaiser, Herr Vater?«
»Regieren, Franz. Sei jetzt still.« Ja, Franz hatte der Vater gesagt. Punkt und Schluß.
Damit war das Gespräch beendet, aber Franzls Neugier nicht befriedigt; denn er wußte jetzt, daß der Kaiser in abgetragenen Kleidern umherlief, schlicht und einfach war, gern in Wirtshäuser ging, aber nur, um sich unters gemeine Volk zu mischen, und daß er jeden Morgen pünktlich sechs Uhr mit der kaiserlichen Familie im Burggarten frühstückte, wobei die Kaiserin den Kaffee selbst eingoß. Die übrige Zeit regierte er. Übers Regieren hätte Franz gern etwas erfahren, aber Vater guckte ganz streng und teilte sich sein Zuckerwasser sehr ein, trank nur schlückchenweise.
In diesem Moment standen der Kaiser und seine Begleitung und danach alle Gäste des Wirtshauses auf. Wieder schrie jemand: »Platz, macht's Platz, Leute, laßt Seine Majestät durch!«
Der Kaiser war gegangen und hatte die rötlich gefärbte Limonade verwaist zurückgelassen.
Am Tisch neben Schuberts saß ein junger Mann und sagte zu seinem Nachbarn: »Das ist der beste Schauspieler Wiens, bloß – fürs Theater, für die Bühne, da taugt *der* nicht.«
Franzl hatte es gehört, aber noch nicht verstanden.

Die Männer mit den finsteren Gesichtern

Das kaiserlich-königliche Konvikt am Universitätsplatz hatte dicke Mauern, düstere Flure und kleine Fenster. Seine Leitung lag in den Händen des geistlichen Ordens »der Armen der Mutter Gottes zu den hohen Schulen«. Die Erziehung war streng und mönchisch.
Nun betrat Franz dieses Stift und trug die altmodische Uniform der

Zöglinge. Sie bestand aus einem niederen, dreieckigen Hut, weißem Halstuch, ausgeschnittenem Rock von dunkler, schwarzbrauner Farbe mit einer goldenen Epaulette auf der einen Achsel, lichten glatten Knöpfen, altmodischer Weste über dem Bauch, kurzen Beinkleidern mit Schnallen und Schuhen mit Schnallen.
Am ersten Tage begegnete Franz einem Zögling, der so alt wie er sein mochte und in einem dunklen Winkel stand.
»Was staunst du mich an?« fragte der andere. »Bist einer von den Neuen?«
Franz nickte.
»Gefällt es dir?«
»Ich weiß es nicht«, antwortete Franz.
»Wirst es bald wissen. Mir jedenfalls ist so eng, so weinerlich in diesen dicken Mauern. Man kann nicht einmal richtig atmen. Wie ans Pult gefesselt komme ich mir vor. Und dann die finsteren Gesichter; nachts träume ich schon von ihnen.«
»Was für finstere Gesichter?«
»Na, zum Beispiel das des Direktors.«
»Der Herr Lang?«
»Der! Weißt du nicht, wie wir ihn heimlich nennen?«
Schubert schüttelte den Kopf.
»Gefängnisdirektor.«
Gefängnisdirektor, wiederholte Franz in Gedanken. Er hat vielleicht recht, dachte er, obwohl, mir hat der Herr Lang noch nichts getan.
»Du bist wohl so ein Stiller?« fragte der andere. »Aber dann hast du wenigstens den Direktor schon mal die Gänge langhetzen sehen, mit vorgestrecktem Kopf, langer Nase, gelbem Rohrstock und fliegendem Zopf.«
Franz nickte. Das hatte er.
»Der zerschlägt jedes Lächeln, mein Lieber. Sagst du etwas, das nicht in den Büchern steht, sperrt er dich in den Karzer. Und fasten mußt du, fasten und beichten und wieder fasten.«
»Aber der Herr Ruczizka ist gut, sehr gut«, meinte Franz, als hätte er

Angst, der Junge könnte auch ihn unter die finsteren Gesichter zählen.
»Gewiß, er ist der einzige Mensch in diesem Gefängnis.«
Wenzel Ruczizka war der Sing- und Klaviermeister der Hofsängerknaben, ein eifriger Musikant, der manchem armen Zögling kostenlos Unterricht erteilte.
Bald fühlte der kleine Franz, wie sehr sein Mitschüler recht hatte. Auch er haßte den Zwang, litt unter ihm, litt vor allem unter der starren Enge, mit der ihnen das Wissen beigebracht wurde. Doch Schubert war klug genug, einzusehen, daß es ohne dieses Wissen keinen Weg zur Höhe gab. Deshalb lernte er, trotz des verhaßten Zwanges. Und dann: In diesem Meer von Finsternis und Strenge verblieb ihm immer wieder eine Insel voller Sonne – die Musik. Und hier wurde musiziert und gesungen.
An den Abenden spielte er im Schulorchester die alten und neuen Meister, die Werke Haydns, Mozarts und Beethovens. In den wenigen freien Stunden des Tages zog er sich ins Klavierzimmer zurück, übte oder schrieb kleine Kompositionen. Dort saß er, still und allein, von niemandem besonders beachtet, er, der Schulmeisterssohn, immer noch sehr klein, aber kräftig und gedrungen, ein bißchen blaß, doch mit blitzenden tiefliegenden Augen.
Manchmal besuchte ihn sein Freund im Klavierzimmer. Er hieß Spaun, war neun Jahre älter als Franz und studierte die Rechte. Sie hatten sich im Schulorchester kennengelernt. Beide spielten die zweite Geige und standen an ein und demselben Notenpult. Doch das allein war nicht der Grund, weshalb sie sich nähergekommen waren, vielmehr lag er darin, daß Spaun, der aus wohlhabendem Hause stammte, häufig von seinen Eltern Päckchen erhielt, im Gegensatz zu Schubert, der mit den dünnen Suppen im Konvikt auszukommen hatte. Von den Päckchen wünschte sich Franz nichts als das Packpapier; denn darauf schrieb er seine ersten Melodien.
»Sie haben wieder Menage[1] bekommen, Herr Spaun?«

[1] Verpflegung

»Und viel Papier für dich.« Der Freund schwenkte das Packpapier hoch in der Luft, setzte sich an den Tisch und zog Notenlinien.
»Sie sind mir der liebste im Konvikt, ich habe sonst keinen Freund, Herr Spaun.«
»Zwei Äpfel hab ich dir auch mitgebracht.« Er legte sie auf den Flügel, vor dem Franz saß. »Und nun dicht' drauflos, Franz, mach ein Liedchen.«
»Ist ja schon fertig, Herr Spaun. Tagelang trag ich's in meinem Kopf herum, und jetzt schreib ich's schnell auf, da ich endlich Papier hab.« Die kleine braune Hand huschte über die Notenlinien.
»Wenn ich Sonntag nach Hause fahr, Franzl, kauf ich dir in der Stadt Notenpapier, richtiges, gedrucktes, schönes Notenpapier, glatt und sauber.«
»Es ist teuer.«
»Teuer? So einem wie dir darf's nicht an Notenpapier fehlen, Franzl. Hundert Bogen kauf ich dir.«
»Hundert?«
»Was sag ich da, zweihundert, nein, fünfhundert, das reicht dann für lange Zeit.«
Lange Zeit, dachte Franz. Zehn Blatt verbrauch ich jeden Tag, also reicht es höchstens drei bis vier Monate. Aber das kann ich ihm nicht sagen, nein, das würde selbst Herr Spaun nicht verstehen.
»Fertig«, meinte Franz. »Warten Sie, ich sing's Ihnen gleich vor.«
Spaun saß auf einem Stuhl, hörte zu und beobachtete das Gesicht des Knaben, wie es errötete, wie die Augen auf einem einzigen Punkt ruhten. Er ist wortkarg, dachte Spaun, aber wenn er Musik macht, ist es, als könne er nur so mit einem sprechen, dann versteht man ihn und möchte ihn nicht mehr missen.
»Bravo«, sagte Joseph von Spaun, als sein Mitschüler geendet hatte.
»Sie loben mich immer«, flüsterte Franz verlegen und betrachtete die Noten auf dem Packpapier. »Glauben Sie denn wirklich, daß etwas aus mir werden wird?«

»Glauben? Ich hör's, Franzl, ich hör's.«
»Wenn Sie es sagen, Herr Spaun, glaub ich zuweilen selbst im stillen, es könne etwas aus mir werden; aber wer vermag nach Beethoven noch etwas zu machen?« Danach schenkte er Spaun das Liedchen und sagte: »Hier haben's Ihr Packpapier zurück.«
»Franz, das ist eine Kostbarkeit geworden.«
»Sie scherzen schon wieder. Es ist nur eine Übung, ein Anfang, Herr Spaun.«
Sein älterer Freund hielt das Versprechen und brachte Franz die fünfhundert Bogen feines Notenpapier. Das waren zwei Hände voll Glück.
Leider verließ Joseph von Spaun bereits 1809 das Stadtkonvikt.
»Sie Glücklicher, Sie entgehen nun dem Gefängnis! Mir ist so leid,

daß Sie fortkommen«, sagte Franz. Jetzt nannte er das Stift selbst ein Gefängnis.
Ein Mönch huschte mit wehender Kutte über den Flur, den Kopf gesenkt, die Hände gefaltet.
»Vielleicht sehen wir uns einmal wieder?«
Schubert schaute ungläubig auf.
»Na ja, wenn du berühmt sein wirst, hör ich von dir«, sagte Spaun.
Berühmt? Glücklich wollte er sein, komponieren und spielen.
Das Jahr 1809 brachte aber noch größere Ereignisse, so groß und wichtig, daß sie selbst die mächtigen Konviktsmauern durchdrangen. Die Tiroler hatten unter Andreas Hofer die Franzosen in den Bergen geschlagen, dreitausend Gefangene gemacht und Innsbruck zurückerobert. Als sich die Napoleonischen Armeen der österreichischen Hauptstadt näherten, forderten die Bürger vom Kaiser eine Volkmiliz, um Wien energisch verteidigen zu können. Auch im Konvikt meldeten sich viele Studenten, ließen sich in die Rekrutierungslisten einschreiben und wollten gegen Napoleon kämpfen. Doch Kaiser Franz, der sein Volk mehr als Napoleon fürchtete, schickte die protestierenden Studenten, Handwerker, Arbeiter und Bauern nach Hause, so daß sie der Belagerung Wiens untätig zusehen und die fünftägige Beschießung über sich ergehen lassen mußten. Danach übergab er dem Korsen kampflos die Stadt.
Im Konvikt hatte eine Haubitzengranate alle drei Stockwerke durchschlagen und war im Zimmer des Präfekten Walch explodiert, gerade in dem Moment, als der Mann den Schlüssel umgedreht hatte, um einzutreten. Da Walch zu den Männern mit den finsteren Gesichtern zählte und seine Zöglinge brutal mit Stock und Karzer bedachte, bedauerten einige Schüler, daß die Granate nicht gewartet hatte, bis Walch in seinem Zimmer war.
Einige Tage darauf geschah, was Kaiser Franz hatte verhindern wollen: Die Österreicher gewannen die Schlacht bei Aspern. Der Rest der französischen Armee rettete sich auf die Donauinsel Lobau. Es wäre leicht gewesen, die ausgebluteten Truppen Napoleons, die noch

dazu fast ohne Nahrung und Munition auf der Insel lagen, anzugreifen und zu besiegen. Doch Kaiser Franz gab keinen Befehl. Er wußte, ein Sieg des österreichischen Volkes über Napoleon hätte auch seinen Sturz zur Folge haben können, und dann wären alle Reformen seiner Vorgänger wieder eingeführt worden. Also wartete er, verhielt sich geradezu gleichgültig, und Napoleon hatte genügend Zeit, seine Truppen aufzufrischen. Am 6. Juli wurden die Österreicher bei Wagram vernichtend geschlagen, wozu Kaiser Franz nur zu bemerken hatte: »Hab ich's nicht gleich gesagt, daß es so ausgehen wird? Jetzt können wir alle nach Hause gehen.«

Im Schloß Schönbrunn einigte er sich mit Napoleon auf Frieden, trat große Teile seines Landes an ihn ab und verpflichtete sich zu fünfundachtzig Millionen Gulden Kriegsentschädigung, unter denen das Volk in den kommenden Jahren schwer zu leiden hatte. Die in Tirol weiterkämpfenden Männer unterlagen der französischen Übermacht, ihr Anführer, Andreas Hofer, wurde verraten und standrechtlich erschossen. In Wien berief Kaiser Franz den Fürsten Metternich in die Regierung, einen Freund des Hochadels, der ein Netz von Agenten und Spionen ausbreitete und sehr bald »Die Spinne Europas« genannt wurde.

Im kaiserlich-königlichen Stadtkonvikt hatte sich durch diese Ereignisse nichts geändert, lediglich daß man jetzt noch mehr darauf bedacht war, jede freiheitliche Regung im Keim zu vernichten. Innozenz Lang, der Direktor, war für seine Strenge und den Zwang, mit denen er über die Zöglinge herrschte, vom Kaiser inzwischen zum Hofrat ernannt worden. Dafür hatte er zu danken. Und er dankte, indem er noch rigoroser vorging und sich in seinem Schulreich ein System von Spitzeln und Horchern schaffte.

Nach Spauns Weggehen hatte sich Franz Schubert mit einem anderen Schüler angefreundet. Er hieß Johann Michael Senn und wußte vielleicht gar nicht, wieviel Bewunderung der kleine Schubert ihm entgegenbrachte. Senn war ein warmherziger, aber etwas starrköpfiger Junge. Hassen konnte er, den Zwang hassen, der herrschte, den er heftig angriff. Und das war es wohl, was der kleine Schubert an ihm verehrte; denn er selber vermochte nicht laut zu protestieren, stand oft ein bißchen abseits, litt unter den Schmerzen des Konvikttages und flüchtete in die Musik.

Als sie eines Vormittags in der Hofkapelle zur Messe sangen, ahnte keiner, welch dramatische Folgen dieses Hochamt haben könnte. Sie sangen wie immer, die Sängerknaben, die einen mit Hingabe, die anderen mit Widerwillen. Dem kleinen Schubert aber war der Dienst in der Hofkapelle ein Genuß, weil sie die alten wie neuen Meister zu singen hatten und er dadurch kostbare Werke kennenlernte. Er achtete deshalb selten auf den Priester, der vorn am Altar im funkelnden Meßgewand das Hochamt zelebrierte und von Ministranten umgeben war, die ihre Weihrauchfässer schwangen. Ihn störte nicht der Lärm in der Kirche, das Kommen und Gehen, dieses mehr Gehen als Kommen nach der halben Messe; denn manche Damen trugen nur ihren Putz spazieren, schauten hälsereckend durch ihre Stielbrillen, worauf sich die Männer an ihren Krawatten und Seidentüchern zupften.

Und dann klingelten die silbernen Meßglöckchen, riefen die Gläubigen zur Kommunion, die sich mit andächtigen Gesichtern und leisen Schritten dem Altar näherten.

Jemand stieß den kleinen Franz in die Hüfte und wies mit dem Kopf von der Chorempore hinunter zum Mittelgang. »Schau mal«, flüsterte sein Mitschüler, »einer von uns.«

»Ich seh fünf, nicht nur einen, fünf aus unserem Konvikt«, antwortete Franz und dachte, was ist dabei, es gehen jeden Sonntag welche zur Kommunion.

»Und ich mein nur einen, Franzl, schau mal auf seine Füß, er geht in Stiefeln.«

Franz legte vor Schreck die Hand auf den Mund, als könne ihm ein unerlaubtes Wort entschlüpfen. »Mein Herr Jesus«, flüsterte er, »in Stiefeln zum Abendmahl. Das gibt einen Mordskrach im Konvikt.«

Während der Kommunion hatten Sängerknaben und Orgel zu schweigen. Um so mehr hörte man das Tuscheln der Knaben. Einige

lächelten schadenfroh über das bestiefelte Kommunionkind, andere bedauerten es der Strafe wegen, die es erwartete. Ja, es gab Zöglinge, die meinten, ihr Mitschüler habe es getan, um die Präfekten des Stiftes zu ärgern, ein Verdacht, der nicht bewiesen werden konnte.
Fast schien es, als hätten nur die Sängerknaben der Hofkapelle den Vorfall bemerkt; nichts geschah, niemand holte den Jungen gewaltsam von der Kommunionbank zurück. Was den kleinen Franz anbelangte, so vergaß er während des Singens der restlichen Mozart-Messe den bestiefelten Mitschüler. Doch im Konvikt hatte man den Vorfall nicht vergessen, seine Ahndung schnell und rücksichtslos vollzogen.
Michael Senn hatte als erster von der Strafe gehört und sagte zu einigen: »In den Karzer hat man ihn gesperrt. Und heimlich hat man es getan, ohne es uns mitzuteilen, ohne uns im Beisein des Kameraden eine Strafpredigt zu halten, zur Abschreckung, wie sie das sonst immer nennen. Nein, nur heimlich eingsperrt hat man ihn, und man hat nicht gewagt, es uns zu sagen.« Senn war zornrot. Seine schwarzen Haare flatterten wild. Er ballte die Faust und sagte: »Wir holen ihn raus aus dem Karzer, und zwar so heimlich, wie sie ihn reingesteckt haben.«
»Ich mach mit«, meinte einer. Er hieß Rueskäfer.
»Zwei genügen.« Auch die anderen Schüler stimmten zu, protestierten und schimpften erregt gegen die Gemeinheit der Präfekten, schlugen vor, den Karzer gemeinsam zu stürmen, gleichgültig, was geschähe.
Selbst der stille Schubert sagte zu seinem Nachbar.: »'s ist halt ein Gefängnis, wenn's die Musik nicht gäb, wär ich schon fortgelaufen.«
Senn riet ihnen ab, den Karzer zu stürmen. »Wir erreichen sonst gar nichts. Zwei genügen. Wenn's mehr tun, bleibt's nicht geheim.«
Es blieb auch so nicht geheim.
Noch bevor die Sonne untergegangen war und sich Senn und Rueskäfer auf den Weg gemacht hatten, um den Knaben aus der Haft zu

holen, wurde die Tür plötzlich aufgerissen. Im Zimmer stand Innozenz Lang, Hofrat und Direktor des Konvikts, hinter ihm die drei Präfekten und das übrige Gefolge.
Der Hofrat schrie: »Ihr wagt eine Revolte?« Der lange weiße Zopf zitterte unter seinem Geschrei. Mit einem Rohrstock schlug er sich auf die linke Innenhand. Die anderen Herren blickten wie Scharfrichter ins Zimmer, witterten die ganze Gefahr, die sie so stumm anschaute und die sie in ihrer Angst maßlos überschätzten; denn sie zogen Gesichter, als wäre das österreichische Kaiserhaus kurz vor dem Untergang.
»Senn und Rueskäfer vortreten!« brüllte der Hofrat.
Sie gehorchten. Und sie blickten nicht angstvoll, eher gefaßt, doch wütend auf den Spitzel, der sie verraten hatte.
»Bekennt ihr euch schuldig?« fragte Lang.
»Nein!« Das hatten beide zur gleichen Zeit gesagt.
»Ach.« Der Direktor reckte die Brust. Sein Gefolge tuschelte. Wieder

wackelten Zöpfe, zuckten welke Gesichter. Einige der Herren tasteten nervös auf ihren bunten Westen herum.
»Ihr wagt es also, euer Vorhaben, die Revolte, zu bestreiten?« Der Hofrat trat einige Schritte ins Zimmer.
»Wir bestreiten nichts«, sagte Senn.
»Anrede!«
»Wir bestreiten nichts, Herr Hofrat!«
»Reue?«
»Nein, Herr Hofrat!« sagte Rueskäfer.
»Nein, Herr Hofrat!« sagte auch Senn.
Wieder flüsterten die Herren untereinander. Entsetzen spiegelte sich auf ihren Gesichtern.
»Eine letzte Frage: Erkennt ihr die verhängte Karzerstrafe über den Delinquenten[1] für rechtmäßig?«
»Ich protestiere«, sagte Senn ohne jede Furcht.
»Und ich protestiere ebenfalls, Herr Hofrat. Gleichzeitig bitte ich um meine Entlassung«, sagte Rueskäfer.
Die Herren wichen einen Schritt zurück. Als sie sich wieder gefaßt hatten, gab der Direktor einem Präfekten das Zeichen, die Tür zu öffnen.
Rueskäfer drückte Senn fest die Hand und schritt, schritt durch die Gasse, ohne einen der Herren anzuschauen, und verließ das Konvikt für immer.
Als der Hofrat aus dem Raum ging, sagte er zu seinen Begleitern: »Der Vorfall, diese geplante Revolte, sollte uns nicht so sehr entsetzen, meine Herren. Die zwei sind Tiroler, und ihre Väter waren Anführer des berüchtigten Aufstandes.«
Einige Tage darauf unterschrieb der Kaiser höchstpersönlich die Entlassungen von Senn und Rueskäfer aus dem Konvikt.
Wieder hatte der kleine Schubert einen seiner Freunde verloren.

[1] Übeltäter, Verbrecher

Mutters Hand bewegte sich wie ein welkes Blatt

Dieser Herbst war schöner als der Sommer. Er brachte den Menschen das, was sein kühler Vorgänger versäumt hatte: Sonnenschein. Es waren heiße Tage und laue Nächte; in den Gärten reiften die Früchte nun schneller, und von Zeit zu Zeit grollten Spätgewitter, auf die warmer Regen folgte.

Franz hatte gleich nach der Messe das Stadtkonvikt verlassen und trabte über die Dörfer Döbling und Grinzing zum Haus seiner Eltern. In einer Rolle, zusammengebunden mit einem schwarzen Samtbändchen, trug er sein Semesterzeugnis. Und noch etwas war darin: ein Notenblatt mit seiner Klavier-Fantasie für vier Hände, ein Werk, das unter seinen Mitschülern Beifall gefunden hatte. Sein Sing- und Klaviermeister, der alte Wenzel Ruczizka, hat es selbst mit ihm gespielt. Und Franz hatte gehört, wie der Herr Ruczizka zu einem Präfekten gesagt hatte: »Den kann ich nichts lehren, der hat's vom lieben Gott gelernt!« Was wird Vater sagen! Wird er die Fantasie auch mit mir spielen, oder wird er sie nur achtlos beiseite legen?

Franz stieg einen Hügel hinauf, und er stieg langsam, genoß die herbe Luft und das Licht der Sonne, sah hinunter zum Wienerwald, dessen Laubbäume wie rotglühende Fackeln loderten. Auch in den nahen Gärten zupfte der Wind goldene Blätter von Hecken, Büschen und Zweigen.

Zum Glück fand Franz auf einem sandigen Weg, über den sich die Äste eines mächtigen Birnbaumes ausbreiteten, ein paar Früchte. Und er hatte Hunger, viel Hunger, denn das Konvikt verabreichte zwar genügend Strafen, aber ungenügend Speisen. Die Birnen schmeckten köstlich. Hinter dem Gartenzaun lagen noch mehr und leuchteten verlockend. Franz wagte nicht, durch die Staketen zu greifen.

Gerade als er weitergehen wollte, rief eine Stimme aus dem Birnbaum: »He, bist du schon satt, Dicker?«

Franz schaute hoch. Ein Junge hockte in den Zweigen, barfüßig und

lächelnd. Er schien sich zu freuen, den andern unten überrascht zu haben, den Fremden, der so lustig aussah mit Brille und rotem Gesicht. »Vielleicht hast du noch eine Birne für mich?«
»Eine? Einen Sack voll kannst du haben, meinetwegen den ganzen Baum.« Mit einem Stock schlug der Junge in die Zweige und schrie: »Hier! Hier! Hier.« Birnen über Birnen fielen herab, klatschten auf den Sandweg. Manch eine platzte sofort auseinander.
Plötzlich kletterte der Junge herunter und sagte: »Wie wär's mit Pflaumen?«
Noch bevor Franz antworten konnte, sprang er an einen Ast, zog sich hoch und hieb abermals mit seinem Stock zu, diesmal in die Äste eines Pflaumenbaumes. Nun regnete es violette Früchte.
Franz zog die Jacke aus und sammelte hastig Birnen und Pflaumen. Der Junge war sogar noch bereit, einen Apfelbaum zu traktieren. Franz wunderte sich natürlich über die Freigebigkeit und wollte wissen, was denn der Vater dazu sagen würde, wenn er das erführe.
»Der ist unten in der Stadt.«
»Und wenn er die zerdroschenen Bäume sieht, die abgeschlagenen Äste?«
»Soll er doch! Ich hab's aus Wut getan.«
»Aus Wut?«
»Was dachtest denn du? Er hat mich vorhin wegen meiner Zensuren verhauen, und ich habe dafür seine Bäume verdroschen. So ist es.«
Franz packte schnell seine Jacke voll Birnen, Pflaumen und Äpfel zusammen, sagte: »Leb wohl, und schönen Dank.«
»Ach ja, ich werd's meinem Herrn Vater ausrichten.« Der Junge kicherte übermütig.
Wenn man satt ist, sieht die Welt viel schöner aus. Franz stand auf einem hölzernen Steg und spuckte die Pflaumenkerne in den Bach, worauf die Forellen blitzschnell herbeischossen und mit ihren Mäulern gegen die Kerne stießen, nichts mit ihnen anzufangen wußten, enttäuscht von den Steinen abließen und doch jedesmal aufs neue hereinfielen, wenn Franz weitere Kerne in den Bach spuckte.

Irgendwo schlug eine Dorfuhr, als wolle sie Franz ermahnen, nicht den ganzen Sonntag auf Feldern und Wiesen zu verträumen.
Als er in die erste Gasse am Himmelpfortgrund einbog, und zwar noch nicht den Vater, doch schon das väterliche Haus sah, rief eine Stimme: »Franzl! Da schau her, der Franzl kommt auf Besuch.«
Es war der Tischlergeselle Joseph.
»Guten Tag«, sagte Franz und lief zu dem jungen Mann, der ihn gleich bei der Schulter packte, schüttelte und sagte: »Gewachsen bist du aber noch nicht sehr, Franzl. 's gibt wohl im Konvikt nur Weisheiten und keine Mehlspeis?«
Franz nickte. »Man möcht klagen, Joseph.« Und sofort fügte er begeistert hinzu: »Aber Musik machen wir viel.«
»Und ich hör nichts davon, Franzl, kenn nur dein Geklimper von damals, Kommst mit in die Werkstatt?«
»Heut ist Sonntagsruh, Joseph.«
»Was macht's, ich hab den Schlüssel. Übrigens, gestern hab ich wieder ein fürstliches Klavier repariert, ein schneeweißes mit aufgemalten Rosen, Spielst mir darauf was vor?«
Franz tat's mit großer Freude und spielte in der schmutzigen Werkstatt so eifrig und andächtig, als wäre sie ein Konzertsaal, angefüllt mit vielen Gästen. Doch hier saß nur einer, nämlich der Tischlergeselle, und der eine saß da für viele, lauschte, schloß ab und zu die Augen, schwor sich, diese kostbare Stunde nie, nie in seinem Leben zu vergessen. Er saß auf einer Kiste in ärmlichen Hosen und zerschlissener Jacke, und er war noch in keinem Konzert gewesen, obwohl er Klaviere baute und reparierte. Der kleine Junge ist größer als alle Menschen, die ich kenne, dachte der Tischlergeselle.
Durch die trüben Werkstattfenster drang trübes Licht. Und in der Mitte stand das fürstliche weiße Klavier mit den aufgemalten roten Rosen, umgeben von Brettern, Kisten, Latten und Handwerkszeug.
Als Franz aufgehört hatte, klatschte der Geselle in die Hände, und es schallte in dem Raum, als klatschten viele. »Aber jetzt muß ich schnell zum Herrn Vater, Joseph!« Und Franz rannte aus der Werk-

statt, hörte, wie ihm der Tischlergeselle nachrief: »Schön war's, Franz, prächtig hast gespielt. Und komm mal wieder!«
Der Vater stand mit verschränkten Armen in der Haustür, wartend und strengen Gesichtes. »Du kommst spät, Franz, sehr spät.«
»Ich war auf einen Sprung in der Werkstatt bei Joseph, Herr Vater.«
»Soso, hast ihm's Zeugnis vorgelegt?«
»Nein, Herr Vater, vorgespielt hab ich ihm was, er wollt's so, der Joseph.«
»Der wollt's so, vorgespielt, hm«, wiederholte Franz Theodor Florian Schubert gereizt. »Ich möcht's Zeugnis sehen. Und wenn's dann noch was zu spielen gibt, soll es sein, aber nicht früher, nicht früher!«
Dann wird es nichts vorzuspielen geben, dachte Franz, als sie ins Haus traten. Noch im Gehen löste er heimlich hinter dem Vater das Samtbändchen von der Rolle, entnahm ihr die Klavier-Fantasie und knautschte sie zusammen. Den Knäuel steckte er in die Hosentasche. Nun hielt er nur das Zeugnis in der Hand und einen Bescheid, auf dem zu lesen war, daß er die Nachprüfungen bestanden hatte. Das Wort Nachprüfungen hatte vor einigen Wochen bei Franz Theodor Florian einen Sturm ausgelöst, der so heftig gewesen war, daß sich keiner in der Familie daran erinnerte, ohne zu frieren.
Die Mutter sah kränklich aus. Ihr mildes Lächeln, mit dem sie Franz begrüßte, machte sie schön und warmherzig. »Daß du da bist, Franzl«, flüsterte sie und drückte den Jungen an sich. »Die ganze Woche wart ich auf dich«, sagte sie, »warten *wir* auf dich«, verbesserte sie sich und strich ihm übers Haar. Obwohl Franz Zärtlichkeiten nicht mochte, die der Mutter duldete er, weil sie ihn verstand. Und während der Vater in Schubladen kramte, alte Zeugnisse hervorholte, steckte Franz der Mutter das Knäuel Papier mit der Klavier-Fantasie zu. Er zwinkerte vertraulich, und die Mutter wußte: Das zusammengeknautschte Notenpapier soll ich Ferdinand oder Ignaz geben, sie werden Franzens neues Werk spielen und ihm am kommenden Sonntag sagen, wie es gefallen hat.
Der Vater hingegen sortierte stumm die Semesterzeugnisse und brei-

tete sie auf dem Tisch aus, verglich das eine mit dem anderen, nickte, kniff die Lippen zusammen und schwieg und begann mit seinen Vergleichen wieder von vorn.
Vor dem Fenster peitschte der Wind die Akazie, blies den Staub der Gasse vor sich her, und über dem Wienerwald zuckten Blitze, welche die Stube der Familie Schubert hin und wieder in grelles Licht tauchten. Donner grollte. Ein Fenster schlug zu.
»Du bist schlechter geworden, Franz«, sagte der Vater. Der Satz wirkte wie ein Paukenschlag, wie ein Auftakt, dem weitere Takte zu folgen hatten. »Viel schlechter geworden!«
»Aber Herr Vater, in ...«
Franz Theodor schlug den Satz mit einer wütenden Handbewegung auseinander. Er umkreiste den Tisch mit den Halbjahreszensuren. »Ja, ich weiß, was der Herr Sohn seinem Herrn Vater weismachen will. Da!« Ruckartig blieb er stehen und stieß mit dem Zeigefinger auf einen Satz: »Da! Und da!« Wieder sprang die Hand weiter auf die nächsten Worte. Der Schulmeister richtete sich auf und zitierte mit übertriebenem Pathos: »1809: Franz Schubert ›ein musikalisches Talent‹. Ein halbes Jahr darauf: Franz Schubert ›ein besonderes musikalisches Talent‹. Und weiter: ›Franz Schubert ist wegen seiner ausgezeichneten Verwendung in der Tonkunst zu beloben.‹ Und wieder ein halbes Jahr später: ›... und wird der Hofmusikgraf Sorge tragen, daß auf die musikalische Bildung des Franz Schubert, da er ein so vorzügliches Talent zur Tonkunst besitzt, besondere Sorgfalt verwendet werde‹. Da haben wir's! Musik, Musik und noch einmal Musik. Erst ein Talent, dann ein besonderes Talent und jetzt gar noch ein vorzügliches Talent. Das nenn ich einen Anstieg. Aber«, der Vater umkreiste erneut den Tisch und zerdehnte das Aber, zog es wie an einer Schnur hinter sich her, »aber«, schrie der Vater, »da – und hier! Nein, Latein, Religion, Mathematik», die Hand mit dem Zeigefinger machte wieder Sprünge über die Zeugnisse, »da lese ich nichts von vorzüglich, nichts von Belobigung, nichts von Talent, da steht nur gut oder ziemlich gut, Herr Sohn, ziemlich gut.« Der Schulmeister starrte

den Jungen an. »Und in Deutsch bist du auch kein vorzügliches Talent, da lese ich nur sehr gut, mehr nicht.«
»Aber Herr Vater, sehr gut ist ...«
»Still! Nachprüfungen hast machen müssen. Genug Schande, die du mir angetan hast, mir, dem Lehrer.« Der Vater ließ sich auf einen Stuhl nieder und seufzte. Die Mutter stand in einem düsteren Winkel und hatte die rechte Hand auf ihren Mund gedrückt. Erhellte ein Blitz die niedrige Stube, leuchtete die Mutter in seinem Schein rötlich auf.
Leise sagte der Vater: »Vor längerer Zeit hab ich dir das Komponieren und das viele Musizieren verboten, Franz, weil ich wußte, wie es kommt. Und nun ist das Unglück da. Du hast nicht gehört, du hast die Worte deines Vaters nicht befolgt. Und das nennt sich mein Sohn, mein leiblicher Sohn.«
Stille.
Franz betrachtete den Vater. Es tat ihm leid, daß er sich ärgerte. Er wirkte müde und älter geworden, strich mit zitternder Hand über die Stirn. Er kann sich in meine Gedanken und Wünsche nicht hineindenken, überlegte Franz, der Vater weiß nicht, wie sehr ich die Musik liebe, wie mir ist, wenn ich sie höre. Wie soll man das jemandem erzählen können, wenn er's nicht hören will? Ich möchte so gern, daß er sich freut, mit mir freut, mit Mutter, Ferdinand und Ignaz und mit Therese.
»Ich dachte«, begann wieder Franz Theodor Florian Schubert halblaut, »du fändest deinem Vater gegenüber wenigstens ein Wort der Reue.«
Reue? Wie kann man etwas bereuen, ohne das man nicht leben kann, überlegte Franz.
»Du schweigst noch immer?« Der Vater blickte mißtrauisch und voll Entsetzen, als halte er das Schweigen seines Jungen überhaupt nicht für möglich.
»Dann versprich mir wenigstens, Franz, in Zukunft die Komponiererei zu lassen.«

Wenigstens, hatte der Vater gesagt. Wie sehr er sich in mir täuscht. Wenigstens, sagt er. Obwohl Franz fühlte, daß der Vater die Grenze seines Entgegenkommens erreicht hatte, sagte er leise: »Ich vermag's nicht zu versprechen, Herr Vater.«
Der Schulmeister sprang auf. »Waaas?« Halb gebückt und lauernd stand er vor dem Jungen, und der Junge schien keine Angst zu haben.
Nur die Mutter sagte: »Franz Theodor, hab Geduld mit ihm, ich bitt dich, Geduld, Geduld!«
»Geduld?« schrie der Mann. »Einen Träumer haben wir uns herangezogen, einen Träumer und Phantasten, einen Herrn Sohn, der sich durchs Leben zigeunern will, den Leuten was vorzufiedeln wünscht, der hungernd und zerlumpt durch die Gassen streichen wird.« Und schon sauste der Rohrstock über Franzens Rücken. Doch sosehr den Knaben die Schläge schmerzten, der innere Schmerz war schlimmer.
»Franz Theodor! Hör auf! In Gottes Namen, hör auf!« schrie die Mutter. Die Frau war noch bleicher geworden, gespenstisch fahl stand sie in ihrem düsteren Winkel und sah aus, als träfe unaufhörlich sie der Rohrstock.
»Ich werd ihm die Noten einzeln aus dem Leib prügeln. Und wenn das geschehen ist, wird er sein Versprechen abgeben, daß es mit der Komponiererei ein für allemal zu Ende ist. Jawohl!«
»Herr Vater!«
Der Schulmeister ließ den Stock sinken und schlug mit ihm spielerisch seine eigenen Hosenbeine. »Na? Und?« Ein ganz klein wenig Triumph leuchtete in seinen Augen. »Hast du dir's überlegt, Franz?«
Der Wind stieß ein Fenster auf und fegte die Zeugnisse vom Tisch.
»Herr Vater, ich sagt's schon: Ich vermag's einfach nicht zu versprechen, auch dann nicht, wenn Sie mich zu Tode schlagen, ich vermag's nicht, obwohl ich Sie liebe, Herr Vater!«
»Franz!« Die Mutter trat aus ihrem Winkel. »Franzl!« Es war wie ein Schrei, ein Hilferuf, ein Flehen.
Der Vater warf den Rohrstock auf den Tisch und sagte tonlos: »Dann

kannst du gehen, wohin du willst, nur dieses Haus, mein Haus, das betrittst du so lange nicht ...«
»– – – nein, Franz Theodor, nein ...«
»– – – das betrittst du so lange nicht«, wiederholte der Schulmeister, »bis du deine Verstocktheit aufgegeben hast und vernünftig geworden bist.«
Die Mutter weinte.
Der Regen trommelte gegen die Fenster.
Und der Vater sagte noch einmal, aber jetzt laut: »Raus! Geh!«
Wie betäubt verließ der Junge die Stube.
Träume ich? Er dachte an seine Liedchen, die er komponiert hatte, an seine Klavier-Fantasie, die Mutter zerknüllt in der Hand verborgen

hielt, und er dachte: Immer will ich Liebe singen, und die Liebe wird mir zum Schmerz, singe ich aber den Schmerz, wird mir der Schmerz zur Liebe. Nein, er vermochte den Vater nicht zu hassen.
In der Haustür holte ihn die Mutter ein.
»Franzl, komm zurück, bleib, wir bitten Vater, bitten ihn ganz sehr, und wenn's geschehen soll, ja, niederknien will ich vor ihm, aber bleib im Haus, Franzl, du!«
»Und worum wollten wir Herrn Vater bitten, Frau Mutter?«
»Daß du im Hause bleiben kannst, Franzl.«
»Darum möcht ich gern bitten, Frau Mutter, sehr gern möcht ich mit Ihnen darum bitten, aber den Preis, den der Vater fordert, kann ich nicht zahlen, um alles in der Welt nicht, nein!«
Die Mutter schwieg. Soll ich ihm raten, dem Vater das gewünschte Versprechen abzugeben und seine Liebhaberei, so nannte es die Mutter, trotzdem, wenn auch heimlich, so doch unter meinem Schweigen auszuführen? Soll ich ihm raten, seinen Vater anzulügen?
»Es gibt keinen anderen Weg, Frau Mutter«, flüsterte der Junge.
Und sie dachte: Er hat recht, es gibt wirklich keinen anderen.
Er ging unter dem dunklen Himmel, und er ging allein, hinter sich eine Tür wissend, die ihm verschlossen bleiben sollte. Franz blickte sich noch einmal um. Die Mutter stand draußen vor dem erleuchteten Fenster, gleich neben der Tür. Wie ein nachtschwarzer Schatten stand sie vor dem Licht und winkte. Das war kein lustiges Winken, kein freudiges, das war ein Abschied für lange, lange Zeit; denn Mutters Hand bewegte sich sacht, ganz sacht auf und nieder, wie ein welkes Blatt, mit dem der Wind spielt, bevor er es vom Baume reißt.
In den Gassen schlummerte die Stille. Nur vereinzelt flackerten Lampen hinter den Glasscheiben der Häuser. Der Regen kam von vorn, schlug ihm ins Gesicht, aber Franz liebte den Regen wie die Sonne, und der Regen tat ihm gut, weil er das Gesicht kühlte, das heiße Gesicht, die heiße Stirn, hinter der seine Gedanken brannten. So ver-

stört er das Haus verlassen hatte, verstört und betäubt, die Traurigkeit konnte ihn nicht übermannen, der Schmerz nicht überwältigen; denn obwohl er viel verloren hatte, glaubte er etwas gewonnen zu haben.
Franz ging durch die Felder und Wiesen, ohne daß ihn die Finsternis schreckte. Es hatte aufgehört zu regnen. Nur der Wind schwatzte noch mit Hecken und Büschen. Franz blieb stehen, lauschte in den Abend und in die Dunkelheit, in der ein aufgestörter Vogel schrie, ein Bach plätscherte, und Insekten summten und flatterten. Das Gewitter hatte die Luft gereinigt, den Regen die Gräser, Bäume und Dächer gewaschen. Die Obstgärten dufteten nach Äpfeln und nassem Laub und frisch gepflügter Erde. Ein Hahn rief und erhielt keine Antwort. Ein Hund kläffte und wurde ausgeschimpft. Und als gar noch der Mond, gelb und groß, aus dem schwarzen Wienerwald stieg, lautlos über den milchigen Dunst rollte, der über der Donau schwamm, war Franz nahe daran, das ganze Wehleid zu vergessen. Ich bin doch glücklich!
Kurz vor der großen Stadt holte ihn ein Mann ein, sehr alt und schlecht gekleidet, aber noch rüstig und gut auf den Beinen, denn der Mann lief schneller als Franz, und er wäre weitergegangen, hätte er nicht an dem Jungen etwas bemerkt, das ihn interessierte. »Bist du dem Kaiser ausgerissen, oder willst du zu ihm?«
»Wieso das?« Franz wußte wirklich nicht, wie der Mann es meinte.
»Erstens ist es für dein Alter sehr spät, zweitens, mein Sohn, gehst du in einer Uniform.«
»Und was ist dabei?«
»Das frag ich dich. Wenn ich mich nicht irr, trägst du die Montur des kaiserlich-königlichen Stadtkonvikts. Und die bekommt ihr, damit man euch Zöglinge gleich in der Stadt erkennt.«
»Das ist wahr, Herr.«
»Und deshalb frag ich halt.«
»Aber ich komm weder vom Kaiser noch geh ich zu ihm, Herr«, antwortete Franz.

»Trotzdem, etwas ist mit dir nicht in Ordnung. Oder bist etwa ein Adliger, daß du dir solch Extraausflüge gestatten darfst?«
»Nein, das nicht, mein Vater ist Schulmeister in der Rossau – neben dem Himmelpfortgrund.«
»Soso, also ein armer Vorstadtlehrer. Und warum treibt er dich nachts hinaus, dein Herr Vater?«
»Ich muß ins Konvikt zurück.«
»Um diese Zeit? So etwas besorgt man in der Früh. Also was ist mit dir?«
Franz schwieg verlegen und dachte: Weshalb soll ich das dem fremden Alten erzählen? Seine Zudringlichkeit ist fast unerträglich, ab und zu klingt zwar seine Stimme warm und herzlich, aber er bohrt und bohrt, daß es mir fast zuviel wird.
Franz blickte zu dem Mann auf. Er trug einen zerbeulten Hut, der ihm einen schwarzen Schatten ins Gesicht warf. Und irgendeinen Gegenstand hatte er unter den Arm geklemmt. Und barfüßig war er, barfüßig wie ein Bettler.
»Ist Ihnen nicht kalt an den Füßen?«
»Starr nicht so drauf! Hast noch keinen barfüßigen Spielmann gesehen?«
»Spielmann sind Sie, Spielmann?«
Der Alte blieb stehen. »Wie du das sagst und betonst. Es hört sich an, als sprächest du von der heiligen Maria, mit der ich nicht mehr gemein habe, als daß sie auch barfuß war. In Cäcilias Namen, ich bin Spielmann, aber ein armer, nicht so einer von denen, die zwölf blitzende Ringe an zehn Fingern haben und damit vor den parfümierten Gesichtern der Reichen herumwedeln. Ich spiel und sing in den Gassen und Hinterhöfen, vor denen, die auch barfuß gehen. Das ist meine Kundschaft. Wie soll ich da zu Schuhen kommen?«
»Sie hungern?«
»Ach was, Wein und Brot gibt's immer, Spaß auch, und Tränen, und jeden Tag seh ich andere Gassen, andere Gesichter, höre neue Geschichten, und obwohl es jeden Tag anders ist, erlebe ich immer wie-

der das gleiche. Weißt du, das ist wie mit der alten Donau. Sie fließt dahin, Tag wie Nacht, Jahr für Jahr, aber sie sieht jeden Tag anders aus, mal glatt und faltenlos wie die feine Haut einer Jungfrau, mal runzlig wie eine mürrische alte Dame, mal wogend und stürmisch wie ein feuriger Jüngling, und dann plötzlich siehst du sie überhaupt nicht, denn sie hat sich einen seidendünnen Schleier über den Leib gezogen, unter dem sie dahingleitet, geschmeidig und lautlos, und der ihr erst von der Sonne entrissen wird, die sie liebkost und wärmt. Und nachts, mein Junge, wenn der Mond an ihren Ufern spazierengeht, kannst du erleben, wie der alte Herr ein Bad nimmt, wie er auf dem Wasser schaukelt und strahlt.« Der Mann setzte sich auf einen Stein. »Siehst du, mit der Donau ist es wie mit den Gassen und Gesichtern und den Geschichten, die ich höre. Jeden Tag das gleiche und doch nicht das gleiche.«

Während der Spielmann nachdenklich schwieg, dachte Franz, er spricht schön wie ein Dichter, erzählt wahr und echt und voller Liebe. Seine Worte reihen sich wie Noten aneinander und vereinen sich zu einer Melodie. Und er hat keine Schuhe, trägt einen schlechten Rock und einen zerbeulten Hut.

»Das war mein Geschichtchen, Kleiner«, sagte der Spielmann. »Ich hoffe, du erzählst mir auch deins?«

Und Franz berichtete, ja, einem Spielmann wollte er alles sagen; denn er hörte zu, er hatte schon vielen Menschen zugehört. So saß der Mann mit ihm auf dem Stein, stumm, aufmerksam, umgeben von der Nacht. Aus der nahen Stadt drangen Geräusche, Pferdehufe klapperten auf dem Pflaster, Kutschenräder knarrten und ratterten, Frauen und Mädchen kicherten, Betrunkene sangen Lieder, die der Wind zerriß.

»Erinnerst du dich, was ich vorhin sagte?« fragte der Spielmann. »So ganz unrecht hatte ich da nicht. Wenn du auch nicht vom Kaiser ausgerissen bist, so hat dich immerhin dein Vater verjagt, und der ist ein kleiner Kaiser, ein Vorstadtkaiser, der nur ein Haus regiert, aber das macht er gründlich und eben kaiserlich.«

»So sollten Sie bitte nicht von meinem Vater sprechen.«
»Gut, dann red ich von Seiner Majestät selber. Der Wirtshausfranz, so nennen wir ihn mitunter, hat mal gesagt: ›Mir brauchen kane Genies, mir brauchen nur gute Untertanen, die ihre Schuldigkeit tun.‹ So, und nun stell dir vor, Kleiner, du hast einen schönen Zylinder, auf dem rundherum dieser kaiserliche Satz geschrieben steht, und sollst ihn dem aufsetzen, der so handelt, wie's die Inschrift sagt. Wem würdest du ihn zuerst für passend halten?«
Meinem Vater, dachte Franz. »Aber er kann nichts dafür, er meint's trotzdem gut.«
»Wird wahr sein. Ich kenne viele, die's trotzdem gut meinen. Und mit einem Zylinder kämen wir da nicht aus, Tausende müßten wir haben, viele Tausende!«
»Und warum ist das so?«
»Warum? Warum ist das neugierigste Wort, das ich kenne, mein

Sohn. Paß mal auf.« Der Alte holte seine Geige aus dem Beutel, legte sie quer über den Bauch, zupfte die Saiten, stimmte sie und sagte: »Schließlich bin ich Spielmann, also hör mein Lied:

Seht, sie haben an das Rathaus aufgeklebt ein neues Edikt,
drauf aus den geschlungenen Lettern noch manch andre Schlinge blickt;
ein possierlich kleines Männlein liest's und hält sich still und stumm,
unterfängt sich nicht zu murren, leise fragt es nur: *Warum?*

Auf der Kanzel stöhnt, wie Eulen, wimmernd gegen Sonnenlicht,
hier ein Mönch, an dem die Kutte wohl das einz'ge Dunkle nicht,
dort ein Abt, an dem der Krummstab wohl nicht alles ist, was krumm;
stets gelassen hört's der Kleine, lispelnd leise nur: *Warum?*

Franzl lachte vor sich hin und flüsterte: »Der Spott ist gelungen, aber Sie sollten leiser sein, grad vor dem Stadttor, Herr.«

»Wenn sie mit Kanonen schießen auf die Lerche leichtbeschwingt,
die, wie ein Gebet der Freiheit, singend durch die Wolken dringt,
wenn den Dichtergaul am Markte sie beim Schwanze zäumen um,
will er drob so gar nicht lachen, sondern seufzte nur: *Warum?*

Auf der Sprache garbenreichem, unermeßnem Erntefeld
hat ein einz'ges goldnes Körnlein er sich liebend auserwählt;
und aus ihrem reichen Meere, rauschend laut um ihn herum,
fischt er eine einz'ge Perle, nur das Männerwort: *Warum?*

Doch der weise Rat bescheidet streng vor sich den Mann und spricht:
›Eurer frevelhaften Frage ziemt fürwahr die Antwort nicht!
Unser Tun, es sei dem Volke ein verschloßnes Heiligtum!‹
Ruhig hört den Spruch das Männlein, nur bescheiden frägt's: *Warum?*

Wütend springen all' vom Sessel, daß der Ratstisch taumelt drein!
In Arrest bei Brot und Wasser ziehn sie den Rebellen ein,
lassen in den Block ihn spannen und in Eisen schließen krumm:
Doch er duldet's still gelassen, spricht kein Wörtlein als: *Warum?*

Morgens muß er gehn zur Beichte, dann aufs Feld im Karren fort!
Schützen stehn in Reih und Gliede, laden stumm die Flinten dort:
Feuer! ruft's, die Rohre krachen! Blutig sinkt der Frevler um,
doch von bleichen Lippen schaurig stöhnt es röchelnd noch: *Warum?*

Über seine Leichengrube wälzen sie noch einen Stein,
dann zum feierlichen Hochamt eilen sie zum Dom hinein.
Brünstig danken sie dem Himmel, daß der Schreier endlich stumm,
doch bei Nacht auf seinen Grabstein schrieb ein Schalk das Wort: *Warum?*«[1]

»Man möcht's aufschreiben und im Konvikt verteilen«, flüsterte Franz.
»Und ich muß jetzt gehen, mein Sohn. Vergiß mein Gesicht, aber nicht das Liedchen.« Er verschwand in einem Gebüsch, das sich an der Stadtmauer entlangzog und wohl sein Nachtlager werden sollte.
Versonnen ging Franz durch die Straßen Wiens, die nächtlichen Gassen, vorbei an Wirtshäusern und Weinstuben und Kaffeehäusern, in denen Geiger geigten und Zecher zechten. Sah er einen Schutzmann, wich er ihm aus und drückte sich unter eine Haustür.
Das Tor des Konvikts war verschlossen.
Franz überlegte, ob er läuten sollte. Sicher hätte ihm dann ein verschlafener Mönch geöffnet, aber sicher hätte der verschlafene Mönch Fragen gestellt. Woher kommst du? Weshalb kommst du so spät? Wo hast du dich herumgetrieben? Nein, von einem Mönch wollte er diese Fragen nicht hören. Mönche sind keine Spielmänner, dachte er. Ihre Welt ist klein und von dicken Mauern umgeben, wie ein steiner-

[1] gekürzt

nes Grab, ohne Licht, ohne Leben, ohne Luft. Er sah an der Fassade des Konvikts hoch. In den Fensterscheiben des oberen Stockwerkes blitzte der Mondschein. Nein, ich läute nicht.
Franz setzte sich auf die ausgetretenen Stufen, zog die Beine an und legte den Kopf auf die Knie.
Es dauerte lange, ehe der Morgen den Schlafenden kühl weckte, sehr lange. Im Haar des Jungen hingen die Tropfen des Taus.

Der Tod kam am Tage der Blumen

Der Knabe war noch stiller geworden. Seinen Mitschülern gegenüber kargte er mit jedem Wort, und kaum einer sah ihn lächeln. Scheu lebte er unter ihnen; der Umwelt von Zeit zu Zeit mißtrauend, verschloß er sich und verbrachte viele Stunden einsam im Musikzimmer, wo er seine Melodien schrieb, die Streichquartette, die Menuette, die Fantasien eines Kindes, das der Kinderwelt entwachsen war. In solchen Stunden kämpfte er mit sich, und es gab Augenblicke, in denen er zweifelte, der Stärkere zu sein. Aber nur Augenblicke. Obwohl ihn viele Mitschüler still bewunderten, wußten sie nichts vom Leid, das ihn quälte.
Da kam ein Zögling und sagte: »Mach uns ein Liedchen, Franz. Den Text hab ich mit. Wir brauchen's gleich.«
Und freudig setzte er die Worte in Musik. Als sie es sangen, war die Tinte auf dem Blatt noch nicht getrocknet.
Da kam wieder ein anderer und bat: »Franzl, mein Vater hat morgen Namenstag, komponierst mir ein lustiges ›Hoch soll er leben‹?«
Nichts lieber als das.
Er tat's so gern und selbstverständlich, als wäre er nur fürs Komponieren auf der Welt.
Oft begegnete er in den Konviktsnächten dem Vater, hörte ihn schreien, sah ihn Zeugnisse vergleichen, fühlte seine Schläge, und die Mutter stand bleichen Gesichtes vor dem erleuchteten Fenster

neben der Haustür, winkend, als wollte sie die Tür ein Leben lang offenhalten.

Doch der Vater hatte sie geschlossen.

Daß Franz das väterliche Haus nicht mehr betreten durfte, spürte er besonders schmerzlich an schulfreien Sonntagen. Fast alle Zöglinge gingen zu ihren Eltern, und bevor sie gingen, erlebte Franz in Gesprächen die Vorfreude auf den Besuch, und wenn sie zurückkehrten, die Nachfreude, welche in ihren Berichten glitzerte und herumtollte. Alle Mahlzeiten wurden noch einmal gegessen, alle Episoden noch einmal durchlebt. Und er saß abseits, hörte zu, wollte nicht zuhören, weil das Wehleid über ihn herfiel, zu dem manchmal noch der Hunger kam, der Hunger, der sich so dumm und nichtig ausnahm, so klein wirkte, wenn man ihn neben den Schmerz stellte.

Nein, klagen wollte er nicht. So, wie er vor den Mitschülern seine Sorgen verbarg, so wollte er sie auch seine Eltern nicht wissen lassen. Also schrieb er an einem dieser Sonntage an seinen Bruder Ferdinand einen Brief. Der mußte ihn verstehen.

»Lieber Bruder!

Gleich heraus damit, was mir am Herzen liegt, und so komme ich eher zu meinem Zwecke, und Du wirst nicht durch liebe Umschweife lang aufgehalten. Schon lange habe ich über meine Lage nachgedacht und gefunden, daß sie im Ganzen genommen zwar gut sei, aber doch noch hie und da verbessert werden könnte; Du weißt aus Erfahrung, daß man doch manchmal eine Semmel und ein paar Äpfel essen möchte, um so mehr, wenn man nach einem mittelmäßigen Mittagsmahle nach achteinhalb Stunden erst ein armseliges Nachtmahl erwarten darf. Dieser schon oft sich aufgedrungene Wunsch stellt sich nun immer mehr ein, und ich mußte nolens volens[1] endlich eine Abänderung treffen. Die paar Groschen, die ich vom Herrn Vater bekomme, sind in den ersten Tagen beim Teufel, was soll ich dann die übrige Zeit tun? Die auf dich hoffen, werden nicht zu Schanden wer-

[1] wohl oder übel

den. Matthäus Cap. 3, V. 4. So dachte ich. Was wär's denn auch, wenn Du mir monatlich ein paar Kreuzer zukommen ließest. Du würdest es nicht einmal spüren, indem ich mich in meiner Clause für glücklich hielte, und zufrieden sein dürfte. Wie gesagt, ich stütze mich auf die Worte des Apostels Matthäus, der da spricht: Wer zwei Röcke hat, der geben einen den Armen etc. Indessen wünsche ich, daß Du der Stimme Gehör geben mögest, die Dir unaufhörlich zuruft, Dich Deines liebenden armen, hoffenden und noch mal armen Bruders

Franz zu erinnern.«

Ferdinand hatte den Brief gut verstanden und über Franzls Bibelauslegung geschmunzelt. Er schickte ein paar Kreuzer, ohne daß der Vater davon erfuhr. Diese kleine Aufbesserung erhöhte sich noch in diesen Tagen, als Joseph von Spaun wieder in Wien eintraf und selbstverständlich ins Konvikt kam, um seinen Freund Schubert zu besuchen. Wortlos legte er ein dickes Paket auf den Tisch und sagte:
»Nun rate, Franzl, was ich mitgebracht hab.«
»Für mich, Spaun?«
»Was sonst? Nur für dich.«
»Dann ist's Notenpapier!« Franz öffnete das Paket und strich über die feinen glatten Blätter, als wären sie das schönste Geschenk, das man ihm machen konnte.
Spaun sagte: »Ich bleib jetzt für immer in Wien, also wirst du auch immer Notenpapier haben, Franzl.«
»Und womit soll ich mich revanchieren für so viel Güte?«
»Indem du die Blätter vollschreibst, Franzl. Übrigens, mußt's Komponieren immer noch vor dem Herrn Vater geheimhalten?«
Franz schüttelte den Kopf.
»Dann hat er dein Talent erkannt?« Spaun trat einen Schritt heran, als wollte er der Antwort so nahe als möglich sein.
»Ich darf nicht mehr nach Haus, Herr Spaun.«
Und nun trat sein einstiger Mitschüler diesen Schritt wieder zurück.
»Ich werd mit ihm sprechen, Franzl.«

»Lieber nicht.«
»Wie lange ist es denn schon her?«
»Fast ein Jahr, ein langes Jahr.«
»Dann hat er sich abgekühlt, denk ich; ich geh zu ihm.«
»Mir tut meine Mutter leid«, sagte Franz, »ich weiß, daß sie Sonntag für Sonntag wartet und weint und bittet. Aber ich darf nicht zu ihr, um sie zu sehen.«
Dieser Winter schien ihm länger als der vorangegangene. Spaun hatte bei Schuberts Vater vorgesprochen, aber nichts erreicht. Als er wieder ins Konvikt kam, meinte er: »Deine Mutter läßt dich ganz sehr und herzlich grüßen, Franzl.«
»Und der Herr Vater hat nichts für mich bestellt, Spaun?«
Sein Freund ging zum Flügel, schlug einen Mollakkord an und sagte verlegen: »Direkt nicht, Franzl. Aber immerhin«, Spaun drehte ihm plötzlich das Gesicht zu, »immerhin wollte er wissen, wie deine neuesten Zeugnisse aussehen.«
»Immerhin, hm! Manchmal denke ich in meiner Verbitterung«, antwortete Schubert, »für meinen Herrn Vater bin ich ein Blatt Papier mit Ziffern. Sein Leben besteht nur aus Zensuren. Auf Spaziergängen hörte ich ihn oft sagen: ›Sieh dir den Johann dort drüben an, der hatte immer eine Drei in der Rechenkunst.‹ Oder er zeigte auf einen anderen, der bei ihm zur Schule gegangen war, und meinte vorwurfsvoll: ›Der dort, im Lesen hat er eine Vier gehabt, eine Vier, wenn ich das Gesicht sehe, sehe ich bei ihm die Vier, mit der läuft er nun ein Leben lang herum.‹«
»Du bist ungerecht.«
»Vielleicht. Wenn's so ist, verzeihen Sie mir.«
»Er will nur das Beste für dich.«
»Sicher, Herr von Spaun, sicher ist es so, aber muß denn sein Bestes das meinige sein?«
»Natürlich nicht. Hör auf, dich zu grämen, Franzl. Eines Tages wird er ohnehin begreifen, daß deine Welt die Musik und nicht das Abc und der Rohrstock ist.«

»Wenn's nur so käme, Spaun, wär's ein schöner Tag für mich, ich würd den Herrn Vater herzen und herzen, sagen würd ich ihm, daß er mir der liebste Vater sei. Und wir würden uns für immer aussöhnen.«
»Der Tag kommt, Franzl, der muß kommen.«
Und der Tag kam.
Und es war sogar ein Tag im Frühling, ein Festtag, ein Feiertag, Fronleichnam 1812.
Ein madonnenblauer Himmel wölbte sich über der Stadt. Sonnenschein wärmte kühle Gassen. Über den Universitätsplatz trippelten Frauen in Sommerkleidern. Mädchen standen vor Körben und boten Veilchensträuße zum Kauf. Die Hofsängerknaben, unter ihnen Franz Schubert, warteten in der Kirchenvorhalle, warteten, bis der Direktor und Hofrat, Innozenz Lang, ihnen ein Zeichen gab, das zu besagen hatte, die Fronleichnamsprozession begänne. Die Zöglinge trugen Kerzen und Notenblätter. Es duftete nach gestreuten Blumen und Weihrauch.
Ein Junge drängte sich durch die Menge, der weder zu den Hofsängerknaben noch zu den Gläubigen der Augustinerkirche gehörte; er hatte einen Auftrag, von dessen Wichtigkeit er so überzeugt war, daß er sich von keinem abweisen ließ. Man versperrte ihm den Weg, man beschimpfte ihn leise. Doch er ließ nicht ab, wurde lediglich noch energischer und flüsterte: »Wo ist der Schubert, Franz, der Zögling Schubert?« Wieder gewann er ein paar Schritte. Einige Leute schüttelten verständnislos die Köpfe. »Bitte, können Sie mir sagen, wo sich die Hofsängerknaben sammeln?«
Ein Pater, dem die Frage galt, legte seinen Zeigefinger auf den Mund und gebot dem Jungen zu schweigen. Mit einer Kopfbewegung deutete er an, in welcher Richtung die Hofsängerknaben zu finden wären.
Gerade in dem Moment, als der Hofrat Lang seinen Zöglingen das Zeichen zum Beginn der Prozession gab, hatte der Junge den Chor erreicht und fand Franz.

»Du mußt sofort nach Haus«, sagte der Junge vom Himmelpfortgrund. »Dein Vater schickt mich.«
»Ist was mit meiner Mutter?«
Der Junge nickte und keuchte. »Sie ist plötzlich gestorben, deine Mutter«, sagte er und rieb sich mit dem Jackenärmel den Schweiß aus dem Gesicht.
Das Notenblatt mit der Singstimme trudelte zu Boden. Die Kerze reichte er seinem Nebenmann, und dann verließ er mit dem Jungen die Kirche. Sie sprachen nicht miteinander. Während der Bote die feinen Kleider der Damen bestaunte und die sechsspännigen Fiaker bewunderte, sich nicht satt sehen konnte an den Stadthäusern, den hohen, geschmückten, überfiel Franz ein furchtbarer Zorn, der sich gegen seinen Vater richtete. Er ist schuld, dachte er, daß ich meine Mutter nicht mehr sehen konnte.
Tot soll sie sein? Dann war der Abend, als mich Vater aus dem Haus wies und Mutter winkend vor dem Fenster stand, der Abschied? Nein, an ihren Tod hatte er nicht gedacht, aber an ihren Kummer, das Leid und die Sorge.
»Deine Frau Mutter ist, glaub ich, an Typhus gestorben«, erzählte sein kleiner Begleiter.
Franz antwortete nicht. Was gab es darauf zu sagen? Manchmal wollten plötzlich die Tränen heraus. Doch je näher er der Vorstadt kam, desto mehr bemühte er sich, sie zurückzuhalten.
Im Tal floß der Fluß. Kirchenglocken läuteten in Dörfern, Feiertagsglocken, die fröhlich aneinanderschlugen, in langen Prozessionen zogen die Menschen über Felder, knieten vor Altären, sangen, beteten, zogen weiter, in langen Prozessionen mit flatternden Fahnen und Blumenmädchen, die Blüten streuten. Und die Blüten lagen welk auf den Wegen. Meßdiener trugen den Feiertagszügen hohe Kreuze voran, an denen der Gekreuzigte hing. Und über den Kreuzen, die schwarz in den blauen Himmel wiesen, trillerten vergnügte Lerchen, schraubten sich kühn in die Höhe und fielen wie Tropfen wieder herab.

Die Haustür stand offen. Der Flur war leer und dunkel. Niemand schien Franz zu erwarten. Vor den Fenstern hingen Tücher.
Der Vater und Franzens Geschwister umweinten den Sarg. Der Vater sah nur einmal zu Franz hinüber, danach weinte er noch mehr und beugte sich über das Gesicht der Toten, sagte etwas, das keiner verstehen konnte.
Franz hatte bisher mehr über das Leben als über den Tod nachgedacht, aber jetzt empfand er einen Schmerz, der den vorangegangenen überstieg. Die Mutter hielt in den gefalteten Händen einen Strauß frischer Feldblumen, und es sah aus, als wüchsen sie aus Mutters Händen, könnten nie verblühen.
Eine kleine Schar folgte dem Sarg, Verwandte, Nachbarn, Michael Holzers Kirchenchor.
Am Grabe des Liechtentaler Friedhofes sagte der Pfarrer, daß die Tote eine stille, von ihren Kindern geliebte und von allen geachtete Frau gewesen sei, die ein schweres Leben gelebt und die nun Gott so früh zu sich genommen habe. Die Trauernden sollten über ihrem Schmerz nicht die Güte des Herrn vergessen; denn er allein wüßte, weshalb er die Frau von ihrem Leid auf Erden erlöst habe. Von der tückischen Krankheit, dem Typhus, die in den Vorstädten wütete, sagte er kein Wort.
Sie warfen Erde und Blumen auf den Sarg der Mutter.
Der Vater trat zu Franz und sagte: »Komm an den Sonntagen wieder nach Hause.«
»Ja, Herr Vater.«
Sie gaben sich die Hand, und einer sah dem anderen in die Augen, und der eine wie der andere dachte furchtbare Gedanken, die weder auszusprechen noch auszulöschen waren.
Sollte das die Versöhnung sein?
Auf dem Heimweg, der so schweigsam wie der Hinweg verlief, dachte Franz an die Worte, die er Joseph von Spaun gesagt hatte: »Wenn's so käme, Spaun, wär's ein schöner Tag für mich, ich würd den Herrn Vater herzen und herzen, sagen würd ich ihm, daß er mir

der liebste Herr Vater sei. Und wir würden uns für immer aussöhnen, für immer.« Und Spaun hatte geantwortet: »Der Tag kommt, Franzl.« Und der Tag war gekommen, und es war sogar ein Tag im Frühling, ein Festtag, ein Feiertag, Fronleichnam, aber kein schöner Tag. Sie hatten sich ausgesöhnt, jedoch am offenen Grabe der Mutter, mit offenen Wunden. Der Tod der Mutter hatte es gefordert, nicht der Wille des Vaters, der nur ein Ziel kannte: Den Willen des Sohnes zu brechen. Und irgendwo in diesem Nachdenken hörte Franz die Stimme des nächtlichen Spielmanns, der das schmähliche Kaiserwort an die Zylinder schreiben wollte: Mir brauchen kane Genies, mir brauchen nur gute Untertanen, die ihre Schuldigkeit tun!

Trotz alledem, er durfte sich wieder auf die Sonntage freuen und nach Hause kommen, obgleich ihn keine Mutter erwartete und er nicht durch die Tür zu gehen vermochte, ohne an sie zu denken.
Und noch etwas war eingetreten: Der Vater ließ ihn gewähren, duldete das Komponieren, ohne zu tadeln, allerdings auch ohne zu loben, und fast schien es, der Schulmeister habe sein Ziel aufgegeben.
Als Franz mit der Nachricht nach Hause kam, der Hofkapellmeister Salieri hätte ihn eingeladen, bei ihm kostenlos Privatunterricht in der Kompositionslehre zu nehmen, war selbst der Vater glücklich. Er umarmte seinen Sohn und sagte: »Du machst mir große Ehr, Franzl! Weißt du's auch zu schätzen, was es heißt, beim Hofkapellmeister«, und der Vater betonte das *Hof* mehr als das Kapellmeister, »aus und ein zu gehen?«
Er wußte es, obwohl ihn wiederum das Hof nicht so sehr interessierte wie das Kapellmeister und jene Tatsache, daß zu Salieris Schülern einst Beethoven gehörte. Leider beschränkte sich dieser Unterricht fast nur darauf, daß der Italiener die Kompositionen des jungen Schubert laufend korrigierte und ihn zu beeinflussen versuchte, sein Talent auf Opern zu verwenden. Aber das war nicht das einzige, was die Freude an diesem Unterricht minderte. Salieri nannte die deutsche Sprache eine barbarische Sprache, wohl auch deshalb, weil er sie

unvollkommen beherrschte, und er verdammte Mozart, dem er sich ein Leben lang entgegengestellt hatte, gerade Mozart, den Schubert vergötterte, dessen Ouvertüre zu »Figaros Hochzeit« er die »schönste Ouvertüre in der ganzen Welt« nannte.

So ging er also mehrmals in der Woche zu Herrn Salieri, den er schätzte, aber nicht liebte, dem er von Zeit zu Zeit mißtraute, aber dem er nicht zu widersprechen wagte, obgleich der berühmte Meister hin und wieder in den Unterrichtsstunden gegen Mozart losdonnerte. Als Franz wegen Stimmbruchs aus dem Konvikt und damit aus dem Chor der Hofsängerknaben ausscheiden sollte, schrieb er zum Entsetzen seines Singmeisters auf das Stimmblatt einer Messe: »Franz Schubert zum letzten Mal gekräht den 26. Juli 1812.«

»Vielleicht wärst froh«, drohte der Singmeister, »wenn du noch krähen dürftest, denn jetzt wirst du das Konvikt verlassen müssen.«

Wer bei einem Mann wie Salieri unterrichtet wurde, konnte auf die Unterstützung des Hofkapellmeisters rechnen. Franz durfte, zur Freude seines Vaters, im Konvikt bleiben und weiter am Unterricht teilhaben, ja, er hatte sogar genügend Zeit, sich seinen Musikstudien zu widmen, da er im Chor nicht mehr zu den Messen zu singen brauchte. Und komponieren konnte er, wie es ihm gerade einfiel. Es gab in dem folgenden Jahr Stunden, wo Franz zu lachen vermochte, wo ihn der Übermut zwickte und seine Melodien nur so hervorsprudelten und wo nicht einmal die Noten auszureichen schienen, um der Freude Herr zu werden; denn unter eines der Werke schrieb er die lustigen Worte: »Fine mitn Quartett, welches gekomponiert hat Franco: Schubert Kaplmaster der kais. chinesischen Hofkappehle zu Nanking, der weltberühmten Residenz von Sr. Chinesischen Mayestät. Geschrieben in Wien in an Datum da i nit waß, in an Jahr, das an 3 am End hat, u. an Anser im Anfang, u. nachher an Ochter u. wieder an Anser: Heißet also 1813.«

Außer der Freude, die er sich in den düsteren Konviktsmauern schuf, gab es noch eine andere, die weit über alle Ländergrenzen hinwegjubelte und zum bedeutendsten Ereignis des Jahres wurde. Die Völkerschlacht bei Leipzig, der Untergang der Napoleonischen Herrschaft. Wenn der junge Schubert auch nicht wie Theodor Körner, dessen Drama »Zriny« er im Burgtheater erlebt hatte, dazu neigte, Dichter *und* Freiheitskrieger zu sein, so packte ihn diese gewaltige Schlacht derart, daß er ein Musikstück komponierte für Singstimme, Violine und Cello. Den Text dichtete er selbst:

Auf den Sieg der Deutschen

Verschwunden sind die Schmerzen,
weil aus beklemmten Herzen
kein Seufzer widerhallt.

Drum jubelt hoch, ihr Deutsche,
denn die verruchte Peitsche
hat endlich ausgeknallt.

Inzwischen war aber die Zeit der Zeugnisse wieder herangereift. Franz hatte sein erstes großes Werk, seine Sinfonie in D-Dur, vollendet, die er dem Hofrat des Konvikts, Innozenz Lang, widmete; aus Höflichkeit, nicht der Verehrung wegen, die er diesem finsteren Herrn keinesfalls entgegenzubringen vermochte. Mit dieser Sinfonie fällte er eine Entscheidung. »Finis et fine«, schrieb er darunter, was zweifaches Ende bedeutet; einmal: Er hatte das Werk abgeschlossen, das andere Mal: Ich verlasse das Konvikt, und zwar für immer.
Franz Theodor Florian Schubert erwartete ihn in der Haustür. Die neue Mutter – Vater hatte wieder geheiratet – stand hinter ihrem Mann. Und Ferdinand war da, und Karl und Ignaz. Die Brüder waren, den Wunsch des Vaters achtend, sämtlich Lehrer geworden. Schwester Therese hielt eine Katze im Arm und saß auf den untersten Treppenstufen des Hauses »Zum schwarzen Rössel«. Mit der Spitze ihres langen braunen Zopfes kitzelte sie die kleine rosa Schnauze des Tieres.

Franz errötete, als er Vater, Stiefmutter und Geschwister beieinander sah. Wieder trug er eine Rolle bei sich, abermals mit Zeugnis und Noten und zusammengehalten von einem schwarzen Samtbändchen. Das Zeugnis war gut, er hatte kaum den Zorn des Vaters zu fürchten. Aber er machte sich Gedanken, wie der Vater sein Finis et fine auffassen würde, die eigenmächtige Entscheidung, das Konvikt zu verlassen.

Der Vater lächelte. »Grüß dich Gott, mein Franzl.« Und alle sagten: »Grüß dich Gott.« Auch die Stiefmutter lächelte und tätschelte ihm die Wange, was dem jungen Schubert nicht gefiel, weil er plötzlich empfand, daß dazu nur die richtige Mutter berechtigt gewesen war.

Entgegen allen sonstigen Gepflogenheiten fragte Vater nicht sofort nach dem Zeugnis, sondern bat die Familie an den Mittagstisch. Man aß, und man aß reichlich und den Verhältnissen entsprechend gut. Und ein Glas Wein gab es, und der Vater verkündete fröhlich: »Trinken wir auf unsere Familie, die, so wünsche ich es mir bei Gott von ganzem Herzen, immer eine gute, redliche und verträgliche Familie bleiben soll.«

Die Gläser klangen.

Franz Theodor Florian Schubert ließ sich von seinem Sohn die Rolle geben, band sie selbst auf, legte die Noten beiseite, indem er sagte: »Ah, eine Sinfonie, Franzl.« Und danach überflog er das Zeugnis.

Die Tischrunde schwieg. Es war so still, daß man den Atem des Schulmeisters hörte.

Franz studierte das Gesicht seines Vaters, eigentlich nur Stirn und Augen; denn die allein ragten über das Zensurenblatt.

Alles wartete.

Ferdinand blickte mitfühlend zu Franz.

»Nun hört mal gut zu«, rief der Vater. »Sitten: 1, Verwendung: 1, Religionslehre: 1, Lateinische Sprache, Stil: 1.« Leise und flüchtig las er: »Mathematik: 2.« Und wieder laut: »Geographische Geschichte: 1, Griechische Sprache: 1. Ich bin glücklich, Franzl.«

Außer der Stiefmutter, die nicht von der Erwartung geplagt worden war, atmeten alle auf. Man lächelte wieder, man redete durcheinander, war lustig, und Ferdinand sagte: »Ein ausgezeichnetes Zeugnis *und* eine erste Sinfonie, Franzl, das freut mich ganz besonders.«
»Ich habe noch eine Überraschung für dich«, teilte der Vater mit. Seine Überraschungen sind meist keine angenehmen Überraschungen für mich, dachte Franzl und blickte zum Vater.
Es wurde abermals ruhig in der Stube. Die Sinfonie lag unberührt auf dem Tisch, der Vater hielt sich nach wie vor am Zeugnis fest. Wieder richteten alle ihre Augen auf den Schulmeister, auf seinen Mund, auf die spröden Lippen und die weit geöffneten großen Augen, die klug auf die Tischrunde schauten und die manchmal wirkten, als könnte der Mann schon mit ihnen allein, mit den Augen allein, seine Umwelt bezwingen. »Ich habe mir gestattet«, begann der Schulmeister feierlich, »Seine Majestät, unseren guten Kaiser Franz, untertänigst zu bitten, dir, Franzl, den Meerveldischen Stiftungsplatz am Konvikt noch für ein Jahr allergnädigst zu belassen. Das Gesuch habe ich vor drei Tagen abgesandt. Da ich nun deine Zeugnisse kenne, wird Seine Majestät sicher so gnädig sein und dir den Stiftungsplatz verleihen.«
Das also war die Überraschung.
Diesmal atmete keiner auf. Und die Stille hielt an. Schließlich war es nur einer, der jetzt zu sprechen hatte: Franz. Der aber schwieg zunächst; seine Antwort hatte er vor Tagen gegeben. Sie lag auf dem Tisch, dort, wo Vater saß. Der aber hatte sie beiseite geschoben und gesagt: »Ah, eine Sinfonie, Franzl.« Doch am Schluß des Werkes standen die Worte: Finis et fine. Er fürchtete sich diesmal nicht, nicht vor Vaters Worten, nicht vor seiner eigenen Entscheidung, die es mit sich bringen konnte, schon morgen allein zu sein, allein auf der Straße, auf dem Feld, in der Stadt, ohne Geld, ohne Essen.
»Du sagst nichts, Franzl?«
Niemand sagte etwas, nur ihre Blicke fühlte er. Franz wollte lächeln, doch des Vaters strenges Gesicht erlaubte es ihm nicht.
»Herr Vater, ich habe das Konvikt schon verlassen. Für immer und in

eigener Entscheidung.« Er hörte, wie seine Stimme nachklang, und er sah seinen Satz in den Gesichtern der Brüder.
Franz Theodor Florian Schubert lehnte sich im Stuhl zurück und ließ das Kinn auf die Brust fallen. Er räusperte sich. Die Finger seiner Rechten trommelten dumpf auf die Tischplatte. Therese verließ die Stube, Karl folgte ihr, Ignaz trat ans Fenster und schaute auf die Gasse. Nur Ferdinand und die Stiefmutter verblieben auf ihren Plätzen. Das Schweigen wurde unerträglich, und durch das Schweigen marschierten Vaters Finger. Mit einem Schlag verstummte das Trommeln. Der Schulmeister sah auf und sagte: »Gut, ich werd mir's überlegen, gut.«
Ferdinand reckte sich.

Kein Sturm war losgebrochen. Der Vater hatte nicht geschrien, und er hatte nicht mit der Faust auf den Tisch gehauen. Nur getrommelt hatte er, leis, dumpf, wie ein fernes Grollen hatte es sich angehört, wie das unwillige Knurren eines Tieres, das den Schmerz unterdrückt.

Während Franz mißtrauisch nachsann, was den Vater bewogen hatte, mild zu reagieren, stand der Schulmeister auf, klatschte in die Hände und sagte fröhlich: »Machen wir einen Spaziergang, Kinder, wandern wir auf den Kahlenberg.«

»Herr Vater, das ist eine Nachricht, die ich mir gefallen lasse«, meinte Franz und war selbst überrascht, so schnell auf Vaters Einfall geantwortet zu haben.

Ferdinand hingegen warf seinem Bruder einen Blick zu, der zu sagen schien: Du bist sehr voreilig, halt dich zurück, der Herr Vater hat sicher noch andere Einfälle in Reserve, die dir nicht gefallen werden.

Die Sinfonie lag unberührt auf dem Tisch, neben den Tellern und Gläsern, zwischen den Brotkrumen und Suppentropfen. In einem geeigneten Augenblick gab Franz sie Ferdinand. »Steck sie weg, Ferdl, der Herr Vater mag's nicht, weil auf Sinfonien keine Zensuren stehen. Es ist ja auch nur die erste. Ich habe sie fürs Konviktorchester geschrieben, und wir haben sie gespielt. Wenn du sie liest, die Partitur, Ferdl, werden dich überall meine Vorbilder anlächeln, meine Lehrer, der Haydn, der Mozart, der Beethoven. Es ist halt nur die erste, in der nächsten, denk ich, Ferdl, da wirst du mich drin finden, mich allein. Also geschieht's der ersten ganz recht, daß sie hier so zwischen Tellern und Gläsern herumliegt und nicht beachtet wird.«

»Ich freu mich trotzdem«, flüsterte Ferdinand und legte die Sinfonie in seinen Schrank, wo er sie zu den anderen Werken tat, die sich stapelten.

Bald darauf spazierte die siebenköpfige Familie die Gasse hinunter, angeführt vom Familienoberhaupt, dem Herrn Vater, der würdig aufgerichtet und festen Schrittes über das schlechte Pflaster schritt. Neben ihm, von Zeit zu Zeit verliebt und zärtlich herüberschauend, ging seine junge Frau, die ein bis zu den Knöcheln herabfallendes Seidenkleid trug und deren hübsches Köpfchen ein riesiger Hut schmückte. Beim Anblick des Lehrers Franz Theodor Florian Schubert flüchteten die meisten Kinder in die Hinterhöfe und Torbogen, während die Erwachsenen an die Fenster eilten und sich darüber lustig machten, daß des Herrn Schulmeisters zweite Frau um zwanzig Jahre jünger als er und die Tochter eines Seidenzeugfabrikanten war, was man sich mit Augenzwinkern zuflüsterte. In einigen Schritten Abstand folgten Ignaz und Karl, darauf Ferdinand und Franz. Therese aber schlenderte noch ihre eigenen Wege und blieb oft ein Stück zurück, ohne daß es jemandem aufgefallen wäre.

Obwohl es Spätherbst war und schon viele Bäume kahl an den Wegrändern standen, wärmte Sonnenschein die Fußgänger, die nun den Wienerwald erreicht hatten und dem Kahlenberg zustrebten.

Franz, schweigsam wie oft und nur ab und zu mit Ferdinand einen Gedanken austauschend, erfreute sich an diesem Famlienausflug und dachte an seine verstorbene Mutter, zu deren Lebzeiten es keinen Spaziergang gegeben hatte. Wie würde Vater entscheiden? Brauchte er die Wanderung, um das tun zu können? Mißtrauisch blickte Franz nach vorn zu dem riesigen Hut. Manchmal sah es aus, als steckte Vaters alter Kopf auch noch darunter.

»Die Frau ist nicht schlecht«, begann Ferdinand, als habe er Franzens Gedanken erraten.

»Sagst du Frau Mutter zu ihr?«

»Ja, sie verdient's, Franzl.«

»Sie ist aber nur zwei Jahre älter als Ignaz.«

»Das ist wahr. Soll ich sie deshalb verachten? Denk an Therese, Franzl. Sie ist erst zwölf, ihr müssen wir's leichter machen.«

Die Dunkelheit kam rasch. Kein Mond schien. Und kühl war es, naßkühl. In der Ferne glimmten ein paar Gaslaternen.

»Komm einmal zu mir, Franz«, sagte der Vater auf dem Heimweg. Und zu seiner Frau: »Anna, du nimmst jetzt die kleine Therese an die Hand, damit sie uns im Wienerwald nicht verlorengeht.«

Der große Hut tanzte vor Franzls Augen. »Herr Vater?«
»Wir warten, Franzl, und bilden jetzt den Schluß der Familie.«
Er hat nachgedacht, und es ist gut, daß es finster ist, dann sieht er meine Verlegenheit nicht. Finis et fine, Herr Vater, ich gehe nicht zurück ins Konvikt!
In den alten Bäumen knarrte der Wind.
Als sie allein hinter den anderen hergingen, sagte der Vater: »Ich hab dir etwas zu sagen und hoffe, du nimmst meine Entscheidung so willig auf, wie ich deine aufnahm, als du erklärtest, das Konvikt für immer verlassen zu haben.«
»Ich werd mich bemühen, Herr Vater.«
Ein vierrädriger Bauernwagen mit einer fröhlichen Gesellschaft rollte vorüber. Lampions schaukelten über den Köpfen. Die Ausflügler sangen, begleitet von einem Geiger, der auf dem Kutschbock saß und fiedelte.
»Lange habe ich mir Gedanken gemacht, Franz, und ich bin zu dem Schluß gekommen, dich nach Sankt Anna zu schicken. Ferdinand, Ignaz und Karl waren auch dort.«
»In die Lehrerbildungsanstalt also, Herr Vater?«
»Ja.«
Nun gingen sie schweigend durch die Nacht und unter den Bäumen dahin. Sankt Anna, das war also Vaters Einfall. Zu Ferdinand, Ignaz und Karl sollte sich noch ein Lehrer gesellen. Und damit hatte der Vater sein Ziel erreicht. Franz überraschte die ungeheure Ruhe und Sicherheit des Vaters, mit der er seinen Vorschlag vorgebracht hatte. Der Vater drängte anscheinend gar nicht auf eine Antwort, sondern sagte gelassen: »Überleg dir's, Franzl, ich hab's immer gut gemeint mit dir.«
»Ich danke, Herr Vater, aber ich will ...«
»– – – keine voreilige Entscheidung, Franz.« Und ganz beiläufig fügte er hinzu: »Übrigens mußt du nächste Woche zur Konskription[1]. In der Zeitung steht's. Und Lehrer, Franzl, sind vom Militärdienst freige-

[1] Aushebung zum Kriegsdienst

stellt. Ich denke, du solltest abwägen: Vierzehn Jahre Soldat oder zehn Monate Sankt Anna und anschließend ein erträglicher Schuldienst.«
Franz fror. Ein dicker Tautropfen klatschte in seinen Nacken. So sah also das Ende dieses Spazierganges aus.
Es war richtig, was Vater da ruhig erzählte, richtig war aber auch, daß Vater sich der kaiserlichen Anordnung bediente, um sein Ziel zu erreichen.
Nun sprachen sie abermals eine Zeitlang nicht miteinander. Der eine hörte auf die Schritte des andern. Wie Takte zerhackten sie die Finsternis und Stille.
Kurz vor dem Haus »Zum schwarzen Rössel« sagte Franz: »Ich werd mir's genau überlegen, Herr Vater.«
»Brav, Franzl.«
Die Zeit zum Überlegen war kurz. Am nächsten Tag kam die Aufforderung, bei der Militärkommission zu erscheinen.
Franz erschien nicht und strich unruhig über die nassen Felder und Wege.
Bald darauf kam die zweite Aufforderung, doch Franz erschien abermals nicht vor der Militärkommission, obwohl er seine Entscheidung längst getroffen hatte, lieber nach Sankt Anna zu gehen, als vierzehn Jahre kaiserlicher Soldat zu sein. Im stillen hoffte er auf eine dritte Möglichkeit, die darin bestand, daß man ihn bei der Kommission vergaß, denn schließlich gab es ein Liedchen, das die Spielmänner sangen und in dem es hieß:

> Die kleinen Beamten sind fleißige Schreiber,
> sie zählen ihr Vieh wie die Hirten und Treiber,
> doch manchmal vergessen sie auch ein Schäfchen,
> das ist ein dankenswertes Schläfchen.

Den jungen Schubert vergaßen sie nicht. Und so erreichte die dritte Aufforderung das Haus in der Rossau, in der es hieß, daß er zwangsweise vorgeführt würde, falls er nicht sofort erschiene.

Also ging Franz zu seinem Vater, ein bißchen traurig und niedergeschlagen, und sagte: »Herr Vater, Sie können mich bitte in Sankt Anna anmelden.«
»Ich hab mir's gleich so gedacht. Und du brauchst auch nicht so wehleidig um dich zu schauen, Franzl. Wenn du's Lehrerexamen bestanden hast, bleibt dir noch genug Zeit für die Musik.«
Genug Zeit, dachte Franz ärgerlich, für etwas, was man liebt, hat man nie genügend Zeit, da ist selbst das Leben zu kurz.
»Mir fällt gerade ein«, begann wieder der Vater und lächelte, »du hast neulich eine Sinfonie mit nach Hause gebracht. Kannst du mir auf dem Klavier einmal einen Satz vorspielen? Ich möcht's gern hören, Franz.«
Er spürte Vaters Entgegenkommen und fühlte sich verletzt. »Ich möcht's nicht, Herr Vater. Die Sinfonie ist nur eine Schularbeit. Und Schularbeiten spiegeln das Gelernte wider, nicht das Herz und die eigene Idee.«
Da saß er nun, der alte Lehrer, und grübelte: Soeben bin ich belehrt worden, und zwar von einem, der noch nicht Lehrer ist.
Gekränkt verließ Franz Theodor Florian Schubert das Zimmer.

Ein Mädchenkopf blickt aus dem Himmel

Franz wohnte nun im Hause seines Vaters und besuchte die Lehrerbildungsanstalt zu Sankt Anna, allerdings weder freudig noch eifrig, denn er verwandte für diesen zehnmonatigen Kursus nur soviel Kraft, wie nötig war, um das Examen einigermaßen zu bestehen. Die übrigen Stunden verblieben der Musik, dem Studium bei Hofkapellmeister Salieri, den Liedern, die er schuf, den Streichquartetten, die er komponierte und die sie, wenn Vater es wünschte, an Sonntagen im Hause aufführten. Ignaz und Ferdinand spielten die Geige, Franz die Viola und Vater das Cello.
Das waren schöne Sonntage.

Als im Frühjahr 1814 die Truppen der Verbündeten siegreich in Paris einzogen, schrieb Franz ein Lied, das er »Die Befreier Europas in Paris« nannte und für das er den Extrabeifall seines Vaters erhielt, der in diesen Tagen sogar selbst zu dichten anfing, um den Kaiser, sobald er wieder in Wien einträfe, würdig begrüßen zu können.
Der Untertan Franz Theodor Florian Schubert nagelte sein Gedicht über die Tür des Hauses, umrahmte es mit Tannengrün, stellte Kerzen in die Fenster und brannte Buntfeuer an. Keiner ging am »Schwarzen Rössel« vorbei, ohne eine Blick auf die Spruchtafel des Schulmeisters geworfen zu haben, auf der geschrieben stand:

O könnt ich, wie ich wollte,
ich ehrte, wie man sollte,
Franz, den besten Kaiser!
Es brennen hier nur Kerzen,
allein aus meinem Herzen
sprießen Lorbeerreiser
FranCIsCo Magno VICtorI ReDeVntI!

Die lateinische Unterschrift »Francisco Magno Victori redeunti« war der Höhepunkt dieser Tafel, nicht, weil sie zu deutsch bedeutete: »Dem siegreichen heimkehrenden Franz dem Großen«, sondern weil der Schulmeister bestimmte Buchstaben rot geschrieben hatte, die, wenn man sie herauszog, die römische Zahl MDCCCVVIIII ergaben, also das Jahr 1814. Leider fuhr der Kaiser auf seiner Rückreise nicht durch die Vorstadtgasse, sehr zum Bedauern des Verfassers.
Der Jubel um den Monarchen war unbeschreiblich und ein großer Irrtum, den die guten Wiener leider nicht erkannten, aber zu spüren bekommen sollten; denn der Wiener Kongreß wurde vorbereitet, unter der Regie des Kanzlers Metternich, der Spinne Europas.

Inzwischen hatte der junge Schubert seine Lehrerprüfung in Sankt Anna bestanden, wenn auch mit mäßigem Zeugnis, so doch mit dem

Vermerk, daß er als Schulgehilfe zugelassen war. Das genügte dem Vater, obschon der Schulmeister nicht umhinkonnte, seinen Sohn tadelnd zu fragen, weshalb er gerade in Religion die ungenügendste Zensur erhalten habe, nämlich »Schlecht«. »Schließlich ist Religion das einfachste Fach, Franz. Schon bei mir in den ersten Klassen hattest du immer eine glatte Eins, und da warst du noch ein Kind.«

»Der Herr Vater übersieht, daß ich kein Kind mehr bin. Heut halt ich mich mehr ans reine Wissen.«

»Willst du behaupten, an nichts mehr zu glauben, Franz?«

Schubert schüttelte den Kopf. »Ich würd's nicht wagen, so zu sprechen, Herr Vater. Mein Glaube ist tiefer geworden, umfassender, nicht eingesperrt in einem Buch und nicht gebunden an eine Person.«

»Soso, Reden sind das, Franz, sehr weltliche Reden. Dann weiß ich, weshalb du in Sankt Anna ein ›Schlecht‹ in Religion bekommen hast.«

Sehr weltlich war allerdings auch das Gehalt von vierzig Gulden im Jahr, das der neue Gehilfe Franz Schubert in der Schule seines Vaters erhielt, denn teilte man es auf den Tag, so verdiente er 6,66 Kreuzer als Lehrer, ein Betrag, mit dem er sich beim nachbarlichen Bäcker Schindelmayer noch nicht einmal ein Pfund Schwarzbrot kaufen konnte, da das immerhin 6,68 Kreuzer kostete. Wovon sollte er sich kleiden und satt essen? Der Vater hatte erklärt, ihn nicht mehr erhalten zu können, weil sein Gehalt ebenso armselig war wie das des Sohnes. Immerhin war es eine Vorstadtschule mit Kindern der Armen, die kein Schulgeld aufbringen konnten. Der Vater half sich damit, daß er Privatunterricht erteilte, der Sohn wiederum gab Musikstunden, die ihm zwar noch mehr Zeit raubten.

Die Schule war eng und dunkel, viel zu eng und viel zu dunkel für dreihundert Kinder, denen ein Stück Brot lieber gewesen wäre als die Kunst des Rechnens oder das eintönige Buchstabieren.

So saß auch Franz vorn am Pult und schrie in die Klasse: »A – B – C – D – und alle!«

»A – B – C – D«, antwortete der kleine Chor, und die hellklingenden Stimmen flatterten in das Geäst der Akazie, schlüpften unter das grüne Blätterdach, wo sie verstummten. Er unterrichtete fast so, wie es der Vater tat und wie er es schon als Kind unzählige Male gehört hatte, wenn er draußen unter dem Fenster lauschte. Und auch er sagte: A – wie Apfel, B – wie Brot, C – wie Cäcilia. Und auch er hielt sich immer bei der Cäcilia ein bißchen länger auf, fügte hinzu, daß sie die Schutzgöttin der Kirchenmusik wäre, doch unterließ er, im Gegensatz zu seinem Vater, die kühne Behauptung, sie habe die Orgel erfunden.

Wenn er den Vater oft meisterhaft nachahmte, so nicht, weil sich seine Methode bewährte, sondern weil sie am bequemsten war. Sein Herz brachte er nicht mit ins Schulzimmer, auch wenn ihm die Kinder manchmal leid taten. Franz schlug sogar zu, falls sie ihn störten, wenn er an seinem Pult saß und plötzlich zu komponieren begann. Er erwachte dann wie aus einem tiefen Traum, und die ganze Stumpfsinnigkeit des Gehilfendaseins wurde ihm bewußt.

An einem dieser mühseligen Sommertage erschien der alte Michael Holzer, der Chorregent der Liechtentaler Pfarrkirche, bei dem er als Kind das Orgelspiel erlernt hatte. Der Alte stand unter dem Fenster der Schule und schien das Ende der Stunde abwarten zu wollen. Er ging auf und ab, doch er brauchte nicht lange auf und ab zu gehen, da Franz hinausrief: »Wollen's zu mir, Herr Holzer?«

»Mach nur deine Stunde fertig«, rief Holzer zurück, »ich kann warten.«

»Aber ich nicht!« Und in die Klasse hinein sagte er: »He, Karl, komm vor und paß auf, daß mir keiner rebellisch wird, während ich mit dem Herrn Chorregenten zu sprechen hab.« Und schon jagte er hinaus, froh, die Schulstunde abbrechen zu dürfen.

»Die Kinder?« fragte Holzer.

»Ach was, ich dank jedem, der mich aus diesem Abc-Käfig befreit.«

»Der Herr Vater denkt anders«, antwortete Holzer und zwinkerte verstohlen.

»Leider, Herr Holzer. Aber sagen's, was Sie wünschen. Soll ich am Sonntag in Liechtental aushilfsweise orgeln?«
Der Chorregent verneinte. »Ich komm wegen eines Jubiläums, Franz. Im Oktober feiert unsere Pfarre ihr hundertjähriges Bestehen. Wir werden für diesen Tag eine Schar von Berufsmusikern engagieren und den Chor verstärken.«
»Und da soll ich orgeln, ja?«
»Das kann dein Bruder Ferdinand.«
»Dann soll ich's Orchester leiten, Herr Holzer?«
»Ruhig, Franz, du bist viel zu aufgeregt. Das Wichtigste kommt doch noch!« Michael Holzer zog seinen Zylinder und grüßte eine vorübergehende Dame. »Natürlich sollst du's Orchester und den Chor dirigieren, aber ...«
»– – – aber?«
»Du mußt für den Festtag eine Messe komponieren, eine Messe zu unserem hundertjährigen Jubiläum.«
»Und da sagen Sie ›aber‹? Das ist das schönste Aber, was ich je gehört hab, Herr Holzer.«
»Ich hab noch ein Aber, Franzl, allerdings ist es nicht schön. Wir können nichts zahlen für deine Müh!«
»Zahlen! Geld! Herr Holzer, was Sie reden. Und Mühe sagen Sie. Da drin«, er wies aufs Schulfenster, »da drin hab ich viel Müh, aber die Meß, die macht mir keine, nur Freude, Herr Holzer.«
In der Klasse sagte er zu den Kindern: »Heut braucht ihr keine Schulaufgaben zu machen. Geht spielen und seht, daß ihr in die Sonne kommt. Raus mit euch, aber leise, ganz leise, so, als müßtet ihr euch davonschleichen und dürftet von keinem bemerkt werden.« Dabei blickte Franz an die Decke des Schulzimmers. Über ihm unterrichtete sein gestrenger Herr Vater.
So leise und so glücklich waren noch nie Kinder aus dieser Schule gegangen. Sie wußten nicht, was mit dem Gehilfen geschehen war, dem jungen Mann, der sonst herumbrüllte und mit dem Stock auf Bänke und Rücken schlug, der manchmal plötzlich still wurde im Unter-

richt, mitten im Buchstabieren oder Rechnen abbrach und vorn auf seinem Pult zu schreiben anfing und sie vergaß. Und heut schickte er sie nach Hause, lächelnd und flüsternd. Sie drückten sich an ihm vorbei, sprachen nicht, schubsten nicht, nur die Augen in ihren blassen Gesichtern blickten fragend und ungläubig. Er entließ sie durch die Hintertür, und das Rudel Freude flitzte stumm durch Gärten, sprang über Zäune und Hecken, schwand aus seinen Augen. Ganz fern hörte er später ihre Stimmen, die sich mit den Geräuschen des Tages vermischten.

Langsam und versonnen ging er zurück in die leere Klasse, setzte sich ans Pult. Er hörte über sich die Schritte seines Vaters, das zornige Aufstampfen des rechten Fußes und den Ruf: »Na? Na? Wird's bald?« Worauf eine Knabenstimme antwortete: »Sechzehn!« Und der Vater schrie: »Bei dir! Bei dir! Bei mir macht das achtzehn!«

»Ruhe!« schrie Franz wütend in die Klasse ohne Kinder. »Ruhe!« Er hieb mit der geballten Faust auf das Pult. Das Tintenglas sprang hoch. Der Rohrstock rollte über die Dielen.

»Nein, du Faulpelz, das macht einundzwanzig, einundzwanzig, hörst du das?« schrie über ihm der Vater.

»Ja, ich hör's, leider hör ich's. Bei Gott, ich halte das nicht mehr aus«, brüllte Franz an die gekalkte Decke.

Die Tür öffnete sich. Ignaz trat ein, schüttelte verwundert den Kopf und sagte: »Was schreist du denn, Franzl?« Und erst jetzt sah der Bruder, der im gleichen Hause unterrichtete, daß die Klasse leer war. »Bist du vielleicht krank, Franzl? Du schreist und schreist, und keiner ist im Zimmer. Seit wann schreit man, wenn man allein ist?«

»Allein? Eben weil ich nicht allein bin, schrei ich, verstehst du das?«

»Nein.«

Und etwas ruhiger sagte Franz: »Hier ist man nie allein, nie. Dauernd hör ich: ›Na? Na? Wird's bald?‹ Und danach: ›Bei dir! Bei dir! Bei mir macht das achtzehn!‹ Und dann macht es einundzwanzig, dann vierzig, und dann höre ich: ›Was sagte Jesus zu seinen Jüngern, als ...‹ Und in der nächsten Stunde wieder das jahrewährende A – wie Ap-

fel, B – wie Brot, C – wie Cäcilia, und darauf wieder achtzehn, einundzwanzig und vierzig. Zwischendurch das Fußgestampfe und die Schritte, die Schritte, Ignaz, die Schritte über mir, die mir vorkommen, als wären sie nur dazu da, meine Gedanken zu zertreten. Ich lauf davon, Ignaz!«
»Und wo sind die Kinder der Klasse?«
Unbekümmert sagte Schubert: »Die hab ich nach Hause geschickt, weil ich komponieren muß.«
»Und wenn's der Herr Pfarrer erfährt?«
»Eben, für den muß ich ja komponieren, eine Jubiläumsmesse für die Liechtentaler Kirche, Ignaz.«
Der Bruder lachte. »Nun möcht ich nur noch wissen, wie du die Kinder so still hinausgeschmuggelt hast.«
»Das war ganz einfach, Ignaz. Wenn du sie immer nur anschreist, werden sie störrisch wie die Esel, machst du ihnen aber eine Freude, machen sie dir auch eine.«
Ignaz dachte: So selten seine Zornausbrüche sind, mit denen er sich die Luft zum Atmen verschafft, am Ende triumphiert seine Gutmütigkeit, mit der er einen beglückt.
Ruhiger geworden, verließ Franz die Schule und ging zum Tischlergesellen Joseph, der ihn ironisch fragte, ob er, da Franz nun Lehrer wäre, Herr Schulgehilfe sagen müßte.
»Auch ich hab kein Grundstück auf dem Brillantengrund, Sepp!«
»Na, dann ist es gut, Franzl.«
Sie lachten und scherzten, und er durfte nicht fortgehen, ohne Joseph und dem weißhaarigen Alten eine neue Komposition vorgespielt zu haben.
Am Rande der Vorstadt verweilte er bei einem Schmiedemeister, der einem Pferd neue Hufeisen aufsetzte und mit dem Pferd mehr sprach als mit seinem Besitzer. Da Franz nicht wußte, wo er hinwollte, blieb er einmal da und einmal dort stehen, und er suchte die Ruhe, die durchaus keine Stille zu sein brauchte, aber mit seinen Gedanken übereinstimmen mußte.

Hinter der Schmiede lief ein Feldrain, bewachsen mit dornigen Büschen, an denen die roten Hagebutten wie Bluttropfen hingen, einen sanften Hügel hinauf. In dem angrenzenden Feld standen Schnitter und mähten Korn.
Franz legte sich ins Gras das Raines, in den Wald der Halme, den Insekten bevölkerten, die herumsummten und brummten, auf Stengeln auf und ab kletterten, unter Blättern verschwanden und wieder auftauchten. Die Emsigkeiten der am Boden lebenden Welt überraschte ihn aufs neue, ihr unermüdlicher Fleiß schien ohne Maß zu sein, auch wenn der Nutzen nicht sofort augenscheinlich wurde. War das in der großen Welt nicht auch manchmal so?
Links von ihm rauschten die Sensen der Schnitter, und das Korn fiel.
Rechts hämmerte der Schmied, und das Eisen krümmte sich.
Neben ihm kämpften auf einer Halmspitze zwei Käfer, und der eine stürzte in die Tiefe.
Franz schloß die Augen und dachte: Bin ich wirklich so ein Träumer, wie Vater damals gesagt hat? Ein Taugenichts, der durch die Felder streicht, sich im Grase wälzt und den Himmel anstarrt? Ein Phantast, der sich etwas zusammenspinnt, das unerreichbar ist? Das kann nicht sein, das darf nicht wahr sein, wovon ich träume, das werde ich erreichen, und ich werde dabei so fleißig sein wie die Insekten in den Gräsern. »Jetzt hab ich dich gefunden«, sagte eine Stimme über ihm. Und als er die Augen öffnete, blickte der Mädchenkopf geradewegs aus dem blauen Himmel auf Franz herab.
»Theres!«
»Also: Ich hab dich aus der Schule kommen sehen, danach bist du in die Tischlerwerkstatt gelaufen, später hast du beim Schmied gestanden, und auf einmal warst du verschwunden. Ich überlegte: Er kann nur im Grase liegen. Und da bin ich den Feldrain abgegangen und habe dich gesucht, Franzl.«
»Theres, du hast mich gesucht?«
»Wundert's dich sehr?«
Er sagte, es wundere ihn nicht, obwohl es ihn sehr wunderte. Er

kannte Therese schon eine ganze Zeit. Sie war die Tochter einer Witwe, die einen kleinen Laden besaß und schneiderte. Mit ihrem Bruder musizierte er manchmal im Hause, und die Therese war es, die meist zuerst seine neugeschaffenen Lieder singen durfte; denn das Mädchen hatte eine gute Stimme und gehörte zu den besten Sängerinnen des Liechtentaler Kirchenchores. Schön war sie nicht, aber liebenswert. Und der junge Schubert verehrte sie trotz der vielen Blatternarben in ihrem Gesicht.

»Der Herr Holzer war bei mir«, sagte Therese und setzte sich neben den Schulgehilfen.

»So, will er sich einen neuen Frack schneidern lassen?«

»Aber nein, ich denk, er war auch bei dir, Franzl?«

»Richtig«, rief er aus und faßte sich an die Stirn, »denk dir: Vergessen hab ich's, ganz vergessen. So durcheinander bin ich manchmal wegen der verflixten Schul. Da renn ich heraus, um über die Meß nachzudenken, die ich fürs Jubiläum schaffen soll, und dann flattert das alles aus meinem Kopf. Was drin bleibt, Theres, ist die Musik. Aber erst jetzt weiß ich wieder, daß es die Musik für die Meß ist. Wie findest du das?«

Ängstlich antwortete das Mädchen: »Wenn ich dich so reden hör, Franz, könnt ich fürchten, du komponierst eine Messe und denkst dabei gar nicht an die Liechtentaler Kirche.«

»So ist's fast, Theres. Ich sehe die Häuser und Gassen, die Bäume, den Himmel, und den Schmied hör ich, und die Schnitter belausch ich, die Vögel singen, mein Vater schreit, ich ärgre mich, und dich seh ich lächeln wie die liebe Madonna.«

»Franz!«

»Was ist, Theres?«

»An den Heiland denkst nicht bei der Meß?«

»Aber geh, Theres, natürlich denk ich auch an ihn. Der ist mittendrin; ich hab dir nur aufgezählt, was zu sehen und zu hören ist.« Schubert schmunzelte wie ein Junge, der eine Spitzbüberei im Sinn hat. »Hoffentlich komponierst keinen Ländler in die Meß hinein mit deinem Übermut«, scherzte Therese.

Schubert lachte. »Übermut ist das keiner, aber sag schon, was der Herr Holzer bei dir wollte?«

»Rate, Franzl.«

»Weiß ich's?«

»Singen soll ich bei deiner Meß.«

»Was ist dabei, Theres, du singst jeden Sonntag in der Liechtentaler Kirch zu den Messen.«

»Aber nicht das Sopran-Solo, Franzl.«

»Und bei meiner Meß sollst du's singen, wirklich?«

»Ja, der Herr Chorregent hat's gesagt.«

»Das ist eine Überraschung, Theres! Ich werde dir ein Kyrieeleison[1] schreiben, und du wirst es singen, daß die Leut unten denken, ein Engel sei höchstpersönlich zum Jubiläum herabgestiegen.«

[1] Beginn der lateinischen Messe

»Und wann fängst an mit der Arbeit?«
»Sofort, komm, wir gehen.«
Vor ihnen holperte ein hochbepackter Erntewagen über den Weg. Die Arbeiter hatten rote Gesichter und entzündete Augen. Staub spritzte unter den Pferdehufen weg, und in der Wolke des Staubes trottete ein großer braunweiß gefleckter Hund mit heraushängender Zunge.
An der Schmiede verabschiedete sich Franz von Therese. Sie ging an den Gärten entlang. Manchmal raffte sie ihr Kleid hoch, sprang ein paar Schritte oder bückte sich, um die über Zäune hängenden Sonnenblumen nicht zu stoßen.
Franz dachte, ich liebe sie, doch ich vermag's ihr nicht zu sagen, weil ich fürcht, sie könnte meine Liebe nicht erwidern, und dann zerbräche mein Geheimnis.
Der Vater zu Hause sagte: »Wenn's sich wiederholt, Franz, was heut geschehen ist, bist du deine Stellung los. Solange ich die Schule hab, ist solch eine detestable[1] Handlung noch nicht passiert.«
»Ich bitt auch um Verzeihung, Herr Vater. Es wird sich nicht wiederholen, weil's doch nur wegen der Meß für Herrn Holzer war und ...«
»– – – Musik!« schrie der Vater. »Erst die Schule, dann Musik!«
Hierauf antwortete Franz nicht, sondern stieg die Holztreppe hinauf und ging in seine Dachkammer. Er hatte weder zu Mittag noch zu Abend gegessen, aber er brauchte jetzt nicht Vaters Geschrei.
In der Akazie seufzte der Wind.
Schubert dachte an Therese, an ihr blatternarbiges Gesicht, die hellen schönen Augen und das reiche Lächeln, ihre schmiegsame Gestalt und den halbgeöffneten Mund mit den rosigen Lippen, die er gern geküßt hätte. Schon der Gedanke daran, sie zu lieben und zu küssen, ließ ihn erröten. Kyrie eleison, schrieb er auf das Papier, Herr, erbarme dich unser! Note für Note kritzelte er hin, mal schnell, mal langsam. Und Therese sang. Sie sang Kyrie eleison. Ihm war, als stünde sie auf dem Feldrain mit flatterndem Kleid, unter dem hohen

[1] verabscheuungswürdig

blauen Himmel, in dem tiefen duftenden Gras. Die Schnitter hatten für einen Moment die Sensen beiseite gelegt und der Schmied den Hammer. Je tiefer er in seine Melodien eindrang, desto schöner wurde Thereses Bild, das er sich vorträumte.
Von dieser Stunde an arbeitete er wie besessen an der Messe. Sosehr er seine Vorbilder liebte, soviel er von ihnen gelernt hatte, jetzt kämpfte er gegen sie an, mühte sich unter Qualen, sie zu vergessen, solange er komponierte; denn er wollte seine Messe schreiben, ursprünglich und frisch.

Nach vielen Proben kam der Tag der Aufführung.
Es war der 16. Oktober. Aus den Turmfenstern der Liechtentaler Kirche hingen Fahnen, und Fahnen wehten auch an den Bürgerhäusern, deren Eingänge grüne Girlanden zierten. Die festlich gekleideten Menschen schritten über den Platz, vorbei an Würstelbuden und Brezelständen, drängten zu dem hohen Portal der Jubiläumskirche, einem Spätrenaissancebau, dessen zwei Türme sich majestätisch über die niedrigen Häuser erhoben. Glocken dröhnten, Kutschen fuhren vor, und der Wind spielte mit herbstlichem Laub.
Als der junge Schubert die vielen Menschen sah, packte ihn die Furcht. Ihm war, als müßte er alle seine Melodien, die in der Messe erklingen würden, noch einmal überprüfen, um sie vor den Zuhörern verantworten zu können, obschon er das in vergangenen Nächten oft getan hatte. Vor dem Portal überholte ihn ein Fiaker. Ihm entstieg der Hofkapellmeister Salieri. Nein, das hatte er nicht erwartet. Er kam in die Vorstadt? Und seinetwegen?
»Schubert!« rief der Italiener und winkte mit einem weißen Tüchlein. Franz sah die Ringe an den Fingern in der Sonne blitzen und verschwand schnell in der Menge. Kein Wort hätte er jetzt herausgebracht.
Salieri verzieh ihm die Flucht und dachte: Wie mein einstiger Schüler Ludwig van Beethoven. Im Werk ein Genie, im Umgang ein kläglicher Stümper.

Als die Kirchenglocken verstummten, stand Franz vor Chor und Orchester, wartend und schweigend. Er hatte sogar vergessen, die Musiker zu begrüßen, was sie nicht übelnahmen, denn er war der jüngste und aufgeregteste unter ihnen. Nicht einmal Therese vermochte er zuzunicken. Sie hatten sich nur angesehen und mit den Augen »guten Morgen« gesagt, »guten Morgen, Theres«, »guten Morgen, Franzl«. Als Michael Holzer die Singstimmen verteilt hatte, winkte er Schubert zu sich, führte ihn vom Chor in ein kleines Turmzimmer, in dem Leitern und ausgewechselte Orgelpfeifen herumstanden.

»Die Kirche ist voll, Franzl, bis zum letzten Platz voll. Hast Angst?«

»Na ja, so ein bißchen rumort's in mir. Der Salieri ist da.«

Der Alte bückte sich und holte aus einer Orgelpfeife eine Flasche Wein. »Nimm einen tüchtigen Schluck, Franzl, spül die Furcht und den Salieri hinunter.«

Er trank nur einen kleinen Schluck, und der Wein tat ihm gut, und er lächelte sogar, der Franz, als der alte Holzer die Flasche sorgfältig in die Orgelpfeife zurückstellte.

In der Kirche war es ganz still geworden.

Ferdinand saß an der Orgel. Über ihm hing ein großer Spiegel, in dem man den Altar und die ersten Bankreihen sehen konnte. Franz blickte in den Spiegel und entdeckte Vater und Stiefmutter sowie die Geschwister. Die Ministranten kamen, der Pfarrer folgte.

Franz tippte mit dem Taktstock auf das Notenpult. Die Musiker setzten die Instrumente an, der Chor erhob sich, Therese trat einen Schritt vor.

Die Messe begann.

Orgel und Orchester vereinten sich zu einer großen, feierlichen Melodie, die, immer kräftiger werdend, durch die Kirche rauschte, gegen Mauern und Fenster wogte, abklang und verlosch, als Thereses zartes Sopran-Solo einsetzte. Für Sekunden sah Franz in ihre Augen. »Kyrie eleison«, sang Theres, ein Ruf, den später der Chor wiederholte.

Nach wenigen Takten hatte Franz seine Sicherheit gewonnen, führte Orchester und Chor durchs Gloria, dirigierte mit tiefem Ernst das

Credo und glaubte daran, daß die Menschen seine Musik verstehen würden, denn es war ihre Musik, ihr Leben, das er eingefangen und komponiert hatte.
Obwohl es sonst unschicklich war, während einer Messen die Köpfe zu verdrehen, gestatteten es sich an diesem Festtag viele und schauten unten aus dem Kirchenschiff hinauf zur Empore, wo der junge Komponist mit glühendem Gesicht sein Werk dirigierte.
Nach der Aufführung fiel ihm der alte Holzer um den Hals, drückte ihn und sagte mit zitternder Stimme: »Ich hab's immer gewußt, Franzl, schon damals, als deine Füße vom Orgelbänkchen noch nicht zum Pedal hinabreichten. Von dir wird man noch reden, wenn diese Kirche ihr zweihundertjähriges Jubiläum begeht.«
»Herr Holzer«, wehrte sich der junge Schubert, »ich dank Ihnen. Und jetzt muß ich gleich gehen, da ich sonst in die vielen Leut gerate.« Zu Therese sagte er leise: »Du hast gesungen, wie ich mir's gewünscht hab.« Danach sprang er die Treppe hinab und geriet doch in die

Menge, die ihn bestaunte und begaffte. Er errötete unter ihren Blikken. Am Portal erwarteten ihn Hofkapellmeister Salieri, der Vater, die Stiefmutter und seine Geschwister.
»Franz«, rief der Italiener aus, »du bist meine Schüler, meine beste Schüler.« Er fuchtelte temperamentvoll mit den Armen und zerknautschte das Tüchlein. »Oh, und das ist seine Vater, oder irre ich mich?«
Franz Theodor Florian Schubert verbeugte sich tief und sagte: »Ergebenster Diener, Herr Hofkapellmeister, ich bin es.«
»Er hat eine Genie zum Sohn, sei er glücklich und danke Gott, daß er hat so eine prächtige Sohn, der wird holen noch ganze Musik von Himmel, alle Sterne wird er reißen herunter! Oh, der alte Salieri sagte es, also wird es werden ganz wahr.«
»Ergebenster Diener, ergebenster Diener«, flüsterte der Schulmeister und verneigte sich abermals tief, als Salieri in den Wagen stieg und davonfuhr. Des Italieners Hand hing noch eine Zeitlang aus dem Fenster. Man sah die flatternde Rüsche am Gelenk und die blitzenden Ringe.
Schuberts Vater war zufrieden. Ihn hatte der Erfolg überwältigt, der, seiner Meinung nach, durch den Besuch des Hofkapellmeisters die richtige Würdigung erst erfahren habe. Stolz schritt er mit Franz durch die Menge und sagte seinem Sohn ein paar gute Worte, die von Herzen kamen und Franz erfreuten. Bald wurden sie von einem keuchenden alten Mann eingeholt, der sehr klein war und dessen langes weißes Haar bis auf den Kragen des schwarzen Frackes herabfiel.
»Auf eine Minute, junger Meister«, bat das Männlein.
»Bitte, Herr.« Franz und der Alte blieben stehen.
»Ich kenne Sie. Sie waren vor einigen Monaten in meinem Laden«, sagte das Männlein mit hoher Stimme und rotem Gesicht. Und der Mann erzählte, daß Schubert damals alle seine Schulbücher in seinem Antiquariat verkauft habe, um sich eine Eintrittskarte zu »Fidelio« kaufen zu können, dessen Aufführung unter der Leitung Beethovens gestanden habe.

»So war es«, bestätigte Franz.
»Und ich, verzeihen Sie mir, habe es nicht geglaubt, ich gab Ihnen zwar Geld, glaubte aber nicht daran, daß es so etwas gibt. Heut weiß ich es. Bitte!« Der Antiquar überreichte ihm ein Paket. »Hier haben Sie Ihre Bücher zurück.« Das Männlein grüßte und verschwand.
Franz lächelte dem Buchhändler hinterher und dachte: Die Bücher hätte ich damals zum Examen nötig gebraucht; denn keiner weiß, daß ich ohne sie durch die Prüfung geschwommen bin.
So war eigentlich alles gut geworden an diesem Festtag. Franz hatte einen seiner Träume besiegt. Das gab ihm Kraft, und es war schön, ein kleines Stück Boden unter den Füßen zu wissen, das ihm gehörte.
Während der Vater die Freude des Tages im Kreis der Familie auskostete, seinen Stolz durch die Gespräche laufen ließ, den Sohn lobte, alle Anerkennungsworte der Verwandten und Bekannten, vor allem die des Hofkapellmeisters, von Zeit zu Zeit wiederholte, bat Franz, der sich langweilte, in die Dachkammer gehen zu dürfen.
»Bitte«, sagte der Vater, »du bist überanstrengt, man sieht dir's an, Franzl. Geh, leg dich hin, damit du morgen für die Schul wieder frisch aussiehst.«
Franz zog die Tür hinter sich zu. Morgen in der Schule, dachte er. Überanstrengt? Mit ein paar Sätzen sprang er die Stiege hinauf. Er öffnete ein Fenster und atmete die kühle Luft. Der Tag hatte schon die Augen geschlossen. Über den Gärten stand der Abendstern. Drüben am Friedhof, wo Mutter ruhte, heulte ein Käuzchen.
Mit einemmal war ihm, als läge seine F-Dur-Messe weit zurück. Er empfand wie ein Wanderer, der von einem Gipfel zum anderen zieht und den eben erstiegenen schön und reizvoll findet, aber den nächsten, der in der Ferne leuchtet, sich schöner und noch reizvoller als alle vorangegangenen vorstellt.
Auf dem Tisch lag ein Band Schiller-Gedichte. Er las und dachte wieder an Therese.
Plötzlich klopfte es leise. Karl stand in der Tür. »Sei mir nicht bös, Franzl, aber ich wußt, daß du noch nicht schläfst.«

»Komm herein.«
»Mich treibt's Gewissen zu dir.«
Franz blickte ihn verwundert an. Was wollte Karl? Warum sprach er so heimlich?
»Soll ich's Fenster schließen?«
Der Bruder wollte nicht, daß er das Fenster schloß. »'s ist wegen deiner Messe. Noch scheint es niemand zu wissen, Franzl, aber mir ist es halt aufgefallen.«
»Wie, eine Unregelmäßigkeit in der Harmonie oder – – –?«
»Nicht doch, ausgelassen hast was, einen Satz, den wichtigsten Satz, Franzl.«
Schubert winkte ab. »Du meinst: Credo in unam sanctam catholicam et apostolicam ecclesiam.«
»Ja, den meine ich. Du hast in deiner Messe ausgelassen: ›Ich glaube an eine heilige katholische und apostolische Kirche.‹ Das wird einen Skandal geben, Franzl. Der Pfarrer, die Schulbehörde, der Vater, alle werden sie von dir Rechenschaft fordern.«
»Es ist meine Meß, Karl, also auch mein Credo.«
»Ich wollt dir's nur sagen, wie's kommen wird, Franzl. Gute Nacht.«
Die Kerze flackerte.
Schubert griff wieder nach dem Schillerband und dachte: Skandal, freilich, einige werden sich ihre Mäuler wetzen, aber ich vermag nur in Musik zu setzen, woran ich glaube, ich, der Schubert. »Das Mädchen aus der Fremde« stand auf dem Notenblatt. Darunter: Therese Grob gewidmet. Er unterhielt sich die ganze Nacht mit ihr. Sie antwortete nicht, obwohl er ihre Stimme hörte und ihr Gesicht sah.
Als er die letzte Note geschrieben hatte und die Kerze ausdrückte, schien ihm die Sonne ins Gesicht.

Karl hatte mit seiner Befürchtung nicht recht behalten. Es gab keinen Skandal. Weder Vater noch Pfarrer schienen bemerkt zu haben, daß in Franzens Credo der Glaubenssatz fehlte. Lediglich den Sängern des Chores blieb es nicht verborgen. Die hatten es schon bei den Proben festgestellt, jedoch maßen sie dem Umstand keinerlei Bedeutung bei, da es üblich war, daß Komponisten aus musikalischen Erwägungen ganze Sätze oder auch einzelne Worte wegließen.[1]
Die Liechtentaler Messe und der große Erfolg ihrer Aufführung – sie mußte in der Wiener Augustinerkirche acht Tage später noch einmal gespielt werden – drängte den jungen Schubert auf neue Wege, Wege, auf denen vor ihm keiner gegangen war. Obwohl er Gedichte zu Liedern verwandelt hatte, war er in der Wahl seiner Texte nicht wählerisch genug gewesen, und die Form der Lieder ähnelte der seiner Vorgänger und Zeitgenossen. Er wollte sein Lied in seiner Form schaffen, das Schubert-Lied mußte geboren werden.

Es waren qualvolle Nächte, in denen er mit sich rang, Herbstnächte, kühl und neblig, an deren Ende der Beginn des Schulunterrichts stand, und manchmal wollte er verzagen; denn es war niemand da, der sein Suchen verstand, da die Mehrheit sich oft mit dem Gefundenen zufriedengibt und das Neue fürchtet. Doch er wußte auch von dem unbeschreiblichen Glück, das den Suchenden erwartet, wenn er beharrlich und geduldig arbeitet, bis zu jener Minute, die ihm das Neue offenbart. Dieser Minute nahte er sich in der Nacht zum 19. Oktober, einer regenfeuchten Nacht. In seiner Kammer war es kalt. Er rieb die Hände über der Kerze warm. Auf dem Tisch lag die Abschrift von Goethes Gedicht »Gretchen am Spinnrad«. Er kannte es auswendig, hatte es laut gesprochen, hatte es geflüstert, hatte es gesungen und aufgeschrieben und wieder zerrissen.

[1] Schubert hat später bei allen seinen Messen diesen Satz weggelassen

Meine Ruh ist hin,
mein Herz ist schwer,
ich finde sie nimmer
und nimmermehr.

Mit einemmal floß die Melodie zu diesen vier Zeilen auf das Papier, sie rann aus der Feder, leicht und unbekümmert, als hätte er sie schon immer gekannt. Und er erschrak über die Mühelosigkeit, mit der sie Gestalt annahm, ohne daran zu denken, in wie vielen Nächten er sich bis zu ihr vorgequält hatte.

Wo ich ihn nicht hab,
ist mir das Grab,
die ganze Welt
ist mir vergällt.
Mein armer Kopf
ist mir verrückt,
mein armer Sinn
ist mir zerstückt.

Und das Spinnrad schnurrte, brummelte unaufhörlich in der begleitenden Klavierstimme, in den Sechzehntelnoten:

Obgleich das Gedicht eine Stropheneinteilung zuließ, empfand er, da sich nur die ersten vier Zeilen mit »Meine Ruh ist hin«, jeweils am Anfang der neuen Strophe, in seiner Melodie wiederholen durften;

der nachfolgende Text aber, der einen anderen Inhalt hatte, mußte auch jedesmal eine andere Melodie erhalten, Töne, die dem Gehalt der Worte entsprachen, die das Wort erhöhten.

Nach ihm nur schau ich
zum Fenster hinaus,
nach ihm nur geh ich
aus dem Haus.
Sein hoher Gang,
sein' edle Gestalt,
seines Mundes Lächeln,
seiner Augen Gewalt
und seiner Rede Zauberfluß,
sein Händedruck
und, ach, sein Kuß!

Nein, das durfte er nicht mit der tragischen Melodie des ersten Teiles ausdrücken, in dem vom Grab und der vergällten Welt gesungen wurde. Sein hoher Gang, seine edle Gestalt – das war wehmutsvolle Erinnerung; seines Mundes Lächeln, seiner Augen Gewalt – das war vergangenes Glück; und, ach, sein Kuß – das war Liebe, die wollte er besingen. Gretchen, das war Therese.
Er schrie nicht auf vor Freude, als sein langes Suchen belohnt worden war. Was er gefunden hatte, schien ihm nicht neu. Nur eins wußte er genau: Mich selber habe ich entdeckt.
So saß er, von allen unbemerkt, von vielen unbeachtet, in seiner Kammer und genoß das Glück dieser Nacht.
Unten in der großen Stadt vergnügten sich zwei Kaiser, vier Könige, siebenhundert Diplomaten, Fürsten, Grafen, einhunderttausend Gäste. Der Kongreß tanzte, der Wiener Kongreß, Feuerwerke erhellten die Nächte, Ballette umschwebten den Großadel, Damen trugen Diamanten spazieren, Schaugepränge, Riesendiners, Gelage, Kanonendonner, Glockengeläut. In der Kongreßstadt ging das Witzwort um:

»Der russische Kaiser liebt für alle, der dänische König spricht für alle, der preußische denkt für alle, der württembergische ißt für alle, der bayrische trinkt für alle, und der österreichische Kaiser – zahlt für alle.« Sechzehn Millionen Goldgulden kostete der Luxuskongreß, dessen Regisseur der Staatskanzler Metternich war, der mit seinen hohen Gästen hinter der Fassade Tanz und Feuerwerk Europa aufteilte, Deutschland zerstückelt ließ und die Völker um ihren Sieg über Napoleon prellte.

Und der junge Schubert saß in solch einer Nacht in seiner armseligen Dachkammer und schenkte der Welt ein unvergängliches Meisterwerk.

Müde und doch wach, stand er am Morgen vor der Schulklasse. Er sah in die Kinderaugen, und er sah sie nicht, er lehrte das Lesen, und er spürte es nicht; denn ihn beherrschte das Gefühl, sich eine neue Welt erschlossen zu haben, eine unendliche Welt mit unendlichen Aufgaben, die zu erfüllen er bereit war. Und der Achtzehnjährige wußte mit einemmal, daß es ein Wettlauf mit dem Leben werden würde.

Wie ein Verschwender stürzte er sich in freie Stunden und schlaflose Nächte. Der aufgebrochene Quell fließt, anfangs als Bächlein, später als Bach und schließlich als Strom, der unaufhaltsam dahinzieht und eine Macht ist, die sich mit dem Meer des Ewigbleibenden vereint. Acht Lieder an einem Tag, einhundertvierundvierzig im kommenden Jahr[1], darunter das »Heidenröslein«. Der Quell scheint nie zu versiegen.

Spaun besucht ihn jetzt häufig. Besorgt sagt er: »Franzl, du verausgabst dich, wirfst mit Melodien umher, als könnt es nie ein End damit haben.«

»Ein End? Gibt's in der Kunst ein Ende? Ich begreif nur, daß einem wenig Zeit verbleibt, um viel zu schaffen.«

Der Freund hatte ihm geraten, einige Arbeiten zu einem Verleger zu

[1] Das Jahr 1815 war Schuberts schaffensreichstes Jahr. Außer 144 Liedern schrieb er 2 Sinfonien, 2 Messen, 4 Singspiele, 1 Streichquartett, 2 Klaviersonaten u.a.

bringen. Obwohl Franz widersprochen und gesagt hatte, er vermöge nicht wie ein Salamihändler mit seinen Werken Handel zu treiben, ließ er sich überreden; denn Spaun meinte: »Wie sollen die Leut deine Sachen spielen, wenn du sie im Schubkasten versteckst?«

Das war an einem Wintertag.

Schubert ging in die Stadt. Schnee bedeckte die Felder. Die kahlen Bäume standen im Frost, breiteten ihre nackten Äste aus, zitterten, als frören sie. Über den Weingärten flatterten Krähen.

Franz trug einige Streichquartette und Lieder bei sich, die er dem Verleger Artaria anbieten wollte. Je näher er dem Geschäft kam, desto weiter entfernte er sich von den Worten, die er sich vorgenommen, dort zu sprechen. Genügt es nicht, wenn ich meine Arbeit vorweise? Man wird sie für gut oder schlecht befinden, aber danach urteilen. Was soll also das Geschwätz, was mir Spaun aufgegeben hat? »Laß dich nicht breitschlagen, verschludre deine Sachen nicht für ein paar Kreuzer«, hatte er gesagt. »Wenn sie dir einen Gulden bieten, mußt du mutig zwei verlangen, Franzl.«

So, zwei muß ich da verlangen? Wie, soll ich mich darum kümmern, was ein Lied und ein Quartett bei den hochwohllöblichen Verlegern kostet? Franz lachte spöttisch und setzte spaßeshalber die Preise in seinen Gedanken fest: »Gretchen am Spinnrad« – fünf Gulden, das »Heidenröslein« ist nicht ganz so lang, das kostet zwei Gulden, für »Mignon« möcht ich, bitte schön, sechs Gulden, da habe ich nämlich drei Fassungen schreiben müssen, eh mir's zugesagt hat. Um Himmels willen, dachte er, lieber Spaun, ich werde gar nichts sagen, sondern ihnen die Hefte vorlegen und still sein. Mögen sie die Noten lesen, und schon wissen sie, was ich zu sagen hatte.

So erreichte er das Geschäft und war entschlossen, Spauns gutgemeinten Ratschlägen nicht zu folgen. Ihm war peinlich genug, daß er auf die Blätter unter seinen Namen geschrieben hatte: »Schüler des Herrn Salieri.«

Auch das war Spauns Idee.

Bei seinem Eintritt läutete die Glocke über der Ladentür. Ein älterer

Herr wartete hinter einem langen Tisch und verhandelte mit einem Kunden, der Notenstöße durchwühlte.
»Der junge Herr wünschen?« fragte der Mann, stützte die Hände auf die Ladentafel und beugte sich Franz entgegen.
»Ich gestatte mir«, begann Schubert, »Ihrem Verlagshaus einige Arbeiten vorzulegen, um ...«
»– – – wie war doch Ihr geschätzter Name?«
»Schubert.«
»Schubert, aha, Schubert.« Der Händler nahm die Hände von der Ladentafel, steckte sie in die Hosentaschen. Der Mann schien plötzlich gewachsen zu sein, denn er stand nun groß und aufrecht vor den Regalen.
»Das sind meine Arbeiten«, sagte Franz halblaut und legte sie scheu auf den Tisch.
»Streichquartette?«
»Und ein paar Lieder.«
»Lieder drucken wir nicht«, sagte der Mann und lächelte.

Das Lächeln gefiel Franz nicht. Es wirkte, als freue sich der Herr darüber, keine Lieder drucken zu brauchen.
»Schüler des Herrn Salieri«, las der Händler laut und griff nach einem der Hefte. »Schülerarbeiten drucken wir auch nicht«, sagte der Mann. Franz schaute an ihm vorbei. »Tut mir leid, aber ich kann ...«
»Und wenn ich es Ihnen für die Hälfte des üblichen Honorars überlasse?«
Der Mann zog die Augenbrauen hoch. »Gestatten Sie mir eine Gegenfrage, Herr – wie war doch Ihr Name?«
»Franz Schubert.«
»Herr Schubert, ganz recht, eine Gegenfrage: Würden Sie Schülerarbeiten drucken, wenn sie keiner kauft?«
Schubert schwieg verlegen. Warum habe ich bloß auf Spaun gehört? Wenn sie dir einen Gulden bieten, mußt du mutig zwei verlangen, dachte Franz. Und wenn sie dir gar keinen Gulden, nicht einmal einen Kreuzer geben wollen, was macht man dann, Spaun? »Ich überlasse Ihnen die Arbeiten, unentgeltlich, mein Herr«, sagte Schubert. Der Handel widerte ihn an. Schnell fügte er hinzu: »Mit zwei, drei gedruckten Heften als Lohn bin ich zufrieden.«
Der Herr nickte, griff nach den Quartetten und meinte: »Gut, ich will's versuchen, aber es wird zwecklos sein. Einen Augenblick.« Er verschwand hinter einer Glastür.
Das sagt er nur so, dachte Franz. Er sagt zwecklos und wird sie umsonst nehmen. Zwecklos, das ist sein Angebot, sein Preis. Nicht einmal geblättert hat er darin.
Der Händler erschien wieder im Laden. »Es tut uns leid, wir nehmen wirklich keine Schülerarbeiten.«
Schubert wollte sagen: Sie haben sich die Quartette nicht einmal angesehen. Doch der Händler hatte sich schon wieder dem anderen Kunden zugewandt.
Es schneite. Frierend lief er zurück zur Rossau und legte die Noten in den Schubkasten.

Am Abend traf er Therese an der Schmiede. »Den ganzen Tag hab ich an dich gedacht, Franzl. Warst in der Stadt bei Artaria?«
»Ja, ich war dort, Theres.«
»Erzähl, Franzl. Werden sie dich drucken?«
»Nein, nicht mal umsonst. Schülerarbeiten nehmen sie nicht, Theres.«
»Schülerarbeiten? Das sind keine Schülerarbeiten, die du hingebracht hast.«
»Wie soll ich's ihnen beibringen, wenn sie die Noten nicht anschaun?«
Es hatte aufgehört zu schneien. Der Mond segelte über die Wolkenbänke, leuchtete auf dem Schnee der Dächer. Franz und Therese stapften die Straße hinauf. »Wenn du nicht gedruckt worden bist, wird sich meine Mutter sehr wundern«, sagte Therese.
»Dann erzähl's ihr nicht.«
»Sie wartet auf Nachricht, Franzl, sie bedrängt mich geradezu, über dich Genaueres zu erfahren.«
Ahnungslos scherzend plauderte Schubert: »Dann bericht ihr, Theres, daß ich schon wieder ein neues Lied vorhab, eine Ballade, die du dann daheim singen wirst, zur Freude deiner Frau Mutter.«
»So mein ich's nicht«, antwortete das Mädchen enttäuscht. »Zu uns kommt jetzt immer ein junger Bäckerssohn, Franzl, und, ach, ich schäm mich.«
»Red schon, Bäcker sind fleißige Leut und Frühaufsteher.« Er lachte.
»Du verstehst mich aber gar nicht, Franz.«
»Nein, wirklich nicht«, sagte er unbekümmert.
»Der macht mir den Hof, Franzl.«
»Na und?«
»Wenn er gegangen ist, spricht Mutter: *Der* ist eine Existenz.«
»Da hat sie recht, deine Frau Mutter. Einem Bäcker geht's Brot nie aus.«
»Und mehr fürchtest nicht, Franzl?«
»Ich kenn dich doch, Theres. Und deiner Frau Mutter sag: Der Schu-

bert wird noch gedruckt werden. Heut soll sie ihn danach beurteilen, was er geschaffen hat. Das Drucken steht nicht bei ihm, sondern bei den Kunsthändlern, die er nicht sonderlich mag, weil sie ihm wie Läus vorkommen, die aufs Blut aus sind.«
»Das von den Läusen sag ich nicht.«
»Aber denk dran, Theres!«

An einem kalten Nachmittag betraten zwei Männer das Haus »Zum schwarzen Rössel«. Sie begegneten Franz Florian Theodor Schubert, der sie mißbilligend anstarrte und dachte: Schon wieder Besuch, und immer Leute aus der Stadt, nicht vom Himmelpfortgrund, nicht aus der Rossau, nicht aus Liechtental, sondern aus der Stadt, Müßiggänger, Wirtshäusler, Weinbeißer, das sind Franzens Freunde; so weit hat er's gebracht.
Der eine war Josef von Spaun, der andere Johann Mayrhofer, ein junger Beamter, der Gedichte schrieb und zu seinem Leid in der kaiserlich-königlichen Zensurbehörde angestellt war, wo er Bücher und Schauspiele zu überprüfen hatte, den Text für Schuhwichsschächtelchen genehmigen mußte und im Kreis der Freunde die tollsten Zensurgeschichten erzählte, wie etwa jene, in der von Schillers »Kabale und Liebe« die Rede war. Man wollte in Wien das Schauspiel aufführen. Doch Kaiser Franz wie auch Kanzler Metternich stießen sich an dem »Hofmarschall« des Stückes, weil er allzu leicht von den Theaterbesuchern auf die österreichischen Hofmarschälle übertragbar gewesen wäre. Und das durfte nicht sein. So beauftragte man die Zensurbeamten, den Schillerschen Hofmarschall zu streichen, an seine Stelle einen Titel zu setzen, den es in Österreich nicht gab. Und da hieß es in dem Schauspiel: »Luise, kannst du den Geheimen Obergardeobermeister lieben?« Über diese Lächerlichkeiten spotteten die Freunde, wenn sie Mayrhofer berichtete, und bei solch einer Geschichte hatte Franz Schubert den Mann kennengelernt.
Aber nun standen die zwei im Hause, fragten den Schulmeister nach seinem Sohn.

»Ist er oben in seiner Kammer?«
»Das müßten die Herren eigentlich selbst hören«, antwortete Franz Theodor Florian verdrießlich.
Sie blickten sich verdutzt an, schwiegen und lauschten. Weder sie noch der Schulmeister rührten sich von der Stelle. Über ihnen sprach eine Stimme:

»Wer reitet so spät durch Nacht und Wind?
Es ist der Vater mit seinem Kind;
er hat den Knaben wohl in dem Arm,
er faßt ihn sicher, er hält ihn warm ...«

»Der Erlkönig«, flüsterte Mayrhofer.
Schulmeister Schubert knurrte im Weggehen: »Der Erlkönig, ja, bei Gott, den hör und seh ich schon drei Tage hintereinander, aber den ordentlichen Schulmeister, den seh und hör ich nicht!«
Sie gingen die Stiege hinauf.

»Mein Sohn, was birgst du so bang dein Gesicht?
Siehst, Vater, du den Erlkönig nicht?
Den Erlenkönig mit Kron und Schweif?
Mein Sohn, es ist ein Nebelstreif.«

Spaun und Mayrhofer warteten vor der Tür. Dahinter war es auf einmal ruhig.
Sie öffneten einen Spalt, steckten die Köpfe hinein. Franz beugte sich über den Tisch, schrieb Noten und flüsterte: »Mein – Sohn – was – birgst du – so bang – bang ...«
Die Dielen knarrten.
Erschreckt schaute Schubert auf. »Setzt euch, gleich bin ich fertig.«
Das Buch in der Hand, schritt er wieder durch die Kammer und las mit glühenden Wangen:

»Du liebes Kind, komm, geh mit mir!
Gar schöne Spiele spiel ich mit dir;
manch bunte Blumen sind an dem Strand,
meine Mutter hat manch gülden Gewand.«

Spaun und Mayrhofer hatten sich lautlos in einen Winkel gesetzt, zu zweit auf einen Stuhl, die Hände auf den Knien. Sie betrachteten das Zimmer. Zwei Stühle, ein Tisch, ein Bett, eine Kerze, auf den Dielen vertropftes Wachs. Auf einem Wandbrett türmten sich Notenblätter. Die schräge Kammer hatte nur ein Fenster.

»Mein Vater, mein Vater, und hörest du nicht,
Was Erlenkönig mir leise verspricht?«

Das Buch lag jetzt zugeschlagen auf dem Tisch. Schubert schrieb, summte, sprach und hatte die zwei wohl längst vergessen. Die Feder kratzte auf dem Papier. Halblaut klangen die Worte:

»Sei ruhig, bleib ruhig, mein Kind;
In dürren Blättern säuselt der Wind ...«

Ein Blatt schwebte zu Boden. Die Noten waren noch naß und glänzten im Nachmittagslicht.
Es war eine ganze Weile still. Die Hand mit der Feder huschte schneller über das Papier, stockte und schrieb weiter.
Der Wind strich über die Akazienzweige hinter dem Fenster. Schnee rieselte herab und spritzte gegen das Gras. Plötzlich schrie Franz: »Mein Vater, mein Vater, jetzt faßt er mich an!«
Tiefe Stille. Nur Franzens Lippen formten noch die Worte.
Ein Sonnenstrahl wanderte durch die Kammer, fiel auf einen Kleiderhaken, an dem ein Mantel hing. Und dann verlosch der Sonnenstrahl. Der Wind drückte ans Fenster, Schneeflocken pappten gegen die Scheibe. Eine Tür ächzte im Haus. Schritte. Schulkinder kreischten.

»– – – in seinen Armen das Kind war tot«, flüsterte Franz und warf die Feder beiseite.
Danach richtete er sich auf, gähnte, streckte sich, lächelte und sagte, indem er die zwei ansah: »Ach, gut, daß ihr daseid. Wir laufen gleich ins Konvikt und probieren's.«
»Ins Konvikt?« wunderte sich Spaun.
»Na, ich hab kein Klavier.«
Unten in der Stadt vergnügten sich zwei Kaiser und vier Könige, siebenhundert Diplomaten, Fürsten, Grafen, einhunderttausend Gäste. Der Kongreß tanzte.
»Gehn wir ins Konvikt probieren«, meinte Mayrhofer.
Ballette umschwebten den Großadel, und Damen trugen ihre Diamanten spazieren.

Im Zuckerwasser blitzt die Sonne

Bruder Ferdinand hatte Franz erzählt, daß des Bäckers Sohn häufiger als vorher das Haus »Zur Heiligen Dreifaltigkeit«, in dem Therese wohnte, aufsuchte. Franz lächelte gutmütig über die Nachricht und glaubte an Thereses Liebe, obwohl sie dieses Wort in ihren Gesprächen nie ausgesprochen hatten. Sie sang weiter seine Lieder, und sie schien sogar die Musik zu lieben; denn sie schwärmte von seinen Melodien. Aufgefallen war ihm lediglich, daß Therese seit damals kein Wort mehr über den Bäckerssohn verlor, den ihre Mutter nicht der Brote und Semmeln halber, sondern der sicheren Existenz wegen ins Haus gelockt hatte.
Als er an einem feuchtkühlen Februartag zu Therese kam, um mit ihr und ihrem Bruder zu musizieren, sagte die Schneiderswitwe: »Na, sieht man Sie heute gedruckt, Schubert?«
»Noch nicht, Frau Meisterin.«
Therese errötete.
»Und Sie dichten immer noch?«

»Freilich, Frau Meisterin, ich habe wieder ein neues Liedchen mitgebracht.«
»Das begreif ich nicht«, sagte die Frau und stellte ein Körbchen voll knuspriger Semmeln auf den Tisch. »Ich würd keine Kleider mehr schneidern, wenn sie niemand haben will.«
Schubert schwieg betroffen und blickte zu Therese. Dachte auch sie so?
Verlegen rückte das Mädchen das Semmelkörbchen zurecht. »Iß, Franzl, genier dich nicht, iß tüchtig.«
»Ja, langen S' kräftig zu, Schubert. Theres, gibt ihm noch einen Tee!«
Der Tee dampfte aus dem Glas, die Brötchen dufteten. Schubert war hungrig, sehr hungrig, aber er wußte nicht, ob er die Semmeln essen und den Tee trinken sollte. Durch die Stube der Witwe wehte ein lauerndes Schweigen. Alle schienen darauf zu warten, daß er begänne. Gerade als er entschied, nach einer Semmel zu greifen, sagte die Frau: »Seien Sie doch nicht so schüchtern, Schubert! Leute wie Sie sind immer hungrig.«
Therese senkte beschämt den Kopf.
Ihr Bruder klimperte verlegen auf dem Klavier.
Und Franz dachte: Gut, daß meine Hand noch nicht zugegriffen hat. Leute wie Sie sind immer hungrig! Verletzt, trotzdem lächelnd, sagte er: »Verzeihen Sie, Frau Meisterin, ich möchte nicht essen, entschuldigen Sie.«
Die Frau blickte auf: »Schubert, manchmal bewundere ich Sie, wirklich, ich staune! Sie schneidern Ihre Liedel zurecht, die mir oft gefallen, Sie unterrichten als Schulgehilf, geben Privatunterricht, schaffen und schaffen, und 's tut einem in der Seele leid, daß Sie zu nichts kommen. Es fehlt Ihnen der Boden unter den Füßen, eine feste Existenz.«
Er blickte auf das Semmelkörbchen.
»Aber lächeln kann er immer«, meinte die Witwe. »Der Schubert lächelt, als könne ihm keiner was anhaben. Und das gefällt mir an Ihnen.«

Sag ein Wort, Theres, nur ein Wort, dachte er, oder nimm das Körbchen vom Tisch. Das genügt mir, um zu wissen, was du denkst. Er sah zu ihr, scheu und gläubig.
Da ging Therese zum Tisch, nahm das Semmelkörbchen und trug es ins Nebenzimmer.
»Warum bringst du's fort?« tadelte die Mutter. »Herr Schubert wird vielleicht später essen.«
»Er wird nicht essen, Frau Mutter.«
Franz überfiel ein Rausch der Freude. Als das Mädchen an ihm vorbeiging, richtete er es so ein, daß seine Hand unauffällig die ihre streifte. Ein Wonneschauer überfiel ihn.
»Und nun spielen wir, Franzl«, bemerkte die Tochter der Schneiderswitwe.
»Und mit einer Wollust, Theres, daß die Frau Mutter daran Freud haben soll.« Während er sich ans Klavier setzte, holte der Bruder des Mädchens die Geige.

Thereses vortreffliche Stimme schwebte leicht und rein über der Begleitung. Kerzenschein erhellte ihre Gesichter. Franz konnte der Frau nicht mehr böse sein, als die Töne im Zimmer frohlockten.

Zufrieden lehnte die Frau Meisterin in ihrem Sessel, dachte an Fräcke und Kleider, knisternde Seiden und gestärkte Spitzen und an Herrn Schmiedemeister Tälershöfer, der seine Rechnung immer noch nicht bezahlt hatte und morgen zu mahnen war. Sie fand, daß man bei keiner Gelegenheit so gut nachdenken konnte wie beim Hören von Musik. Was einem da alles einfiel.

Sie schloß die Augen und begann zu schlafen.

Als Franz allein durch die nächtlichen Straßen ging, nach Hause, fiel Regen und Schnee. Ein garstiger Wind schüttelte die Bäume, knarrte mit den Hoftoren und heulte um die Schornsteine. Von Dächern tropfte Wasser. Er dachte über die Worte der Frau nach, versuchte, die Frau zu verstehen, und überlegte, was er tun könnte, um seine Existenz zu verbessern.

Ohne einen rettenden Gedanken gefunden zu haben, schlich er ins Haus, stieg die ächzende Treppe hinauf, tastete sich zu der Tür seiner Kammer. Um Thereses willen muß ich meine Lage verbessern, dachte Franz. So, wie es jetzt ist, kann ich mich kaum allein ernähren.

Franz zündete die Kerze an und zog sich aus. Der gelbe Lichtschein traf das beschlagene Fenster. Schnee und Regen waren stärker geworden. Frierend saß er auf dem Rand des Bettes, die nackten Füße auf den nackten Dielen, den Kopf in die Hände gestützt. Je länger er nachdachte, desto nutzloser erschien es ihm. Ein Bäcker hat es leicht, überlegte er. Brot braucht jeder, aber braucht jeder Musik?

Der Morgen stieg zögernd über die Dächer, trüb und düster, in Grau gekleidet, stand er vor dem kleinen Fenster. Zum ersten Mal fürchtete Franz, Therese verlieren zu können. Anfangs hatte er diesen Gedanken belächelt, er war zu weit weg gewesen, ja, er hatte ihn nicht gewagt zu erwägen, aber nun schien er zu wachsen und auf ihn zuzukommen.

Gegen Mittag kam ihm ein Umstand zu Hilfe, ein Zufall, der einen Ausweg andeutete. In der amtlichen Wiener Zeitung war eine Musiklehrstelle ausgeschrieben. Die Bekanntmachung sagte, daß ein Lehrer gesucht würde, »der nebst einer ausgezeichneten guten Konduite[1] ein gründlich gelernter Sänger, Organist und ein ebenso guter Violinspieler sein, dann nicht nur die nötigsten Kenntnisse aller gewöhnlichen Blasinstrumente besitzen, sondern auch die Fähigkeit haben muß, andern den Unterricht darin zu erteilen«. Diese Musiklehrstelle war an der Deutschen Normalschul-Anstalt in Laibach neu zu besetzen.

Und schon hatte Franz allen Kummer vergessen. Wie schnell das Leid hinweggefegt werden kann, dachte er und lief mit der Neuigkeit zu Therese.

»Wir haben Glück, großes Glück, ich werd eine Existenz bekommen«, sagte er.

Therese hatte den Mund offen und wunderte sich und lächelt und blickt ihn zärtlich mit großen Augen an.

Er erzählte ihr, was geschehen war, sagte, daß er gleich das Bittgesuch abfassen werde.

»Und du denkst die Stelle wirklich zu bekommen, Franzl?«

Daran gab es für ihn keinen Zweifel. »Und ob, Theres, ich hab gute Gründe, bei meinen Gründen ist eine Ablehnung ausgeschlossen. Paß auf, das Gesuch ist bereits im Kopf. Ich schreib so: ›Unterzeichneter bittet untertänigst, ihm die erledigte Musikdirektorstelle in Laibach zu verleihen ...‹«

»– – – in Gnaden zu verleihen, würd ich schreiben, Franzl!«

»Gut ist's, sehr gut, in Gnaden, das hört man gern. Also weiter: Er unterstützt seine Bitte mit folgenden Beweggründen:

1. ist er ein Zögling des k. k. Konvikts, gewesener k. k. Hofsängerknabe, und in der Komposition Schüler des Herrn von Salieri, Ersten k. k. Hofkapellmeisters, auf dessen wohlmeinendes Anraten er diese Stelle zu erhalten wünschet.«

[1] Lebensführung

»Hast mit dem Herrn Salieri schon gesprochen?«
»Noch nicht, aber er wird's bestätigen, das weiß ich.«
»Der Grund ist einleuchtend, zumal«, sagte Therese, »dreimal vorkommt: kaiserlich-königlich!«
»Das ist aber noch nicht alles, hör den zweiten Grund:
2. hat er sich in jedem Fache der Komposition solche Kenntnisse und Fertigkeit in der Ausübung auf der Orgel, Violine und Singen erworben, daß er laut beiligenden Zeugnisses unter allen um diese Stelle nachsuchenden Bittwerbern als der Fähigste erklärt wird.«
»Ist das nicht ein bißchen zu stolz, Franz?«
»Nein, das ist nicht meine Meinung, sondern ich schreib: laut beiligenden Zeugnisses, Theres.«
»Und drittens?«
»Ja, drittens: Gelobet er die bestmögliche Verwendung seiner Fähigkeiten, um einer Bittgewähr vollkommen zu entsprechen.«
»Um einer *gnädigen* Bittgewähr! Du darfst das gnädig nie vergessen, Franzl.«
»Recht hast. Wie gut, daß ich dir's gleich vortrag. So, und drunter schreib ich halt: Franz Schubert, der Zeit Schulgehilfe der Schule seines Vaters zu Wien am Himmelpfortgrund Nummer 10. Sind das Gründe, Theres?«
»Man möcht meinen, sie könnten's nicht ablehnen.«
»Und jetzt geh ich und schreib's, und danach mach ich mich gleich auf, den Herrn Salieri um die Befürwortung *gnädigst* zu bitten. Grüß deine Mutter, Theres!«
Nun werde ich sie nicht verlieren, dachte Franz, während er das Bittgesuch schrieb und es danach zu Herrn Hofkapellmeister Salieri trug.
Der Italiener empfing ihn sehr kühl und zurückhaltend, er ließ ihn sogar eine Zeitlang an der Tür stehen, ohne aufzublicken oder gar den Gruß seines Schülers zu erwidern. Salieri war am Abend zuvor in einem Beethovenkonzert gewesen und immer noch erbost über die, wie er annahm, willkürlichen Neuerungen in der Musik seines ehe-

maligen Schülers, der in seine Werke die Ideen der Französischen Revolution einfließen ließ.
Und da stand dieser Schubert in der Tür, der ihm einmal gesagt hatte, daß er Beethoven gerade seiner Kühnheit wegen so verehre.
Salieri winkte ihn an den Tisch.
»Wenn der Herr Hofkapellmeister so gnädig sein wollten und mein Bittgesuch ...«
Der Italiener gebot ihm mit der Hand zu schweigen, überflog flüchtig Schuberts Schreiben und dachte: Weiß man's, wen man befürwortet? Hab ich nicht schon einen Löwen großgezogen, der die heiligen Gesetze der Musik mit seinen Füßen zerstampft und in Dissonanzen herumbrüllt?
»Ich habe mir angesehen den ›Erlenkönig‹, Schubert!«
»Und ich darf das Urteil hören, Herr Hofkapellmeister?«
»Er hat gemacht darin einige Dissonanzen, die wie eine Tür quietschen, wie viele Tür quietschen. Eifert er etwa dem Herrn Beethoven nach, diesem Erzfeind der Musik, der sich setzt frech über alles hinweg?«
Schubert blickte auf sein Gesuch und schwieg widerwillig.
»Nun, was ist mit die Dissonanzen in dem ›Erlenkönig‹, Schubert?«
Der kaiserlich-königliche Hofkapellmeister hob den Kopf und blickte Schubert vorwurfsvoll ins Gesicht.
»Mit Verlaub, Herr Hofkapellmeister, sie entsprechen dem Text – meine Dissonanzen.«
»Aber nicht meiner Lehre. Quietschen kann er lernen in Gasse oder Wirtshaus oder bei Katzen, rein Harmonisieren bei Salieri!«
Damit schien das Gespräch zu Ende; der Hofkapellmeister rückte ein silbernes Tintenfaß in seine Nähe und tauchte die Feder hinein. Er schrieb langsam und bedächtig; Schubert, entfernt stehend, konnte nicht sehen, welche Beurteilung der Italiener auf das Papier malte.
Wortlos erhielt Schubert die Rolle.
Franz dankte mit einer Verbeugung, und als er Salieris Zimmer verließ, empfand er das Schweigen in seinem Rücken wie einen Fluch.

Soviel er bei diesem Mann gelernt hatte, er war nicht bereit, den kostenlosen Unterricht mit Fesseln zu bezahlen.
Unter der großen steinernen Haustüreinfassung rollte Schubert das Blatt auf und las:
»Unterzeichneter bestätigt die Darlegung in der Bittschrift Franz Schuberts um die Musiklehrstelle in Laibach.

Anton Salieri,
primo maestro di capella del Corte Imp. reale.«

Zornrot und wütend rollte Schubert das Blatt zusammen. Man müßte es in Musik setzen, dachte er, aber nur in Dissonanzen. Diese Beurteilung ist eine Gemeinheit, trocken und ohne Herz, kalt und ohne Empfehlung. Ich kann sie nicht einmal Therese zeigen.
Trotzdem sandte er sein Gesuch mit Salieris Zusatz an die Wiener Stadthauptmannschaft.
Eine Woche später erschien Joseph von Spaun und teilte mit, daß er von einem Kanzleibeamten, den er gut kenne, erfahren habe, Schuberts Gesuch sei mit einer vorzüglichen Empfehlung von Wien an die niederösterreichische Landesregierung weitergegeben worden. »Die nehmen dich in Laibach«, sagte Spaun.
Abermals flammte die Freude auf, wärmte die schönen Gedanken, strahlte in die Träume hinein, durch die er mit Therese wandelte, sorglos und glücklich, umgeben von Musik und tiefer Erfüllung.
»Trotzdem sollten wir etwas anderes auch noch unternehmen, Franzl«, sagte Spaun.
Trotzdem? Franz, ein wenig mißtrauisch, hörte Spauns Vorschlag, die Lieder nach Dichtern zu ordnen und gesammelt in Heften den Verlegern anzubieten. »Mit Goethe beginnen wir.«
»Ein glücklicher Einfall, Spaun.«
»Notenhefte hab ich dir gleich mitgebracht. Und noch etwas: Die Lieder schicken wir an Goethe persönlich und bitten ihn um seine Zustimmung. Was meinst du, wie die Verleger sich drum reißen werden, wenn sie Goethes Urteil lesen.«

»Das könnt wahr sein, Spaun, nur müßte man einen noblen Brief dazu abfassen, schließlich möcht man nicht an Herrn Goethe so dienstlich schreiben wie an die Wiener Stadthauptmannschaft.«
Spaun lächelte. »Stimmt, den schreib ich, und du trägst deine Lieder in die Hefte ein. Morgen bringe ich den Brief.« An der Tür drehte sich der Freund noch einmal um. »Franzl, ich möcht dich bitten, die Klaviertriolen der rechten Hand im ›Erlkönig‹ in Achtelnoten zu verwandeln, sonst passiert's vielleicht, daß der Herr Goethe keinen find, der sie zu spielen vermag.«
Schubert brummelte unwillig, sagte aber zu, mit dem scherzhaften Hinweis, er täte es nur, weil Spaun sich bereit gefunden habe, den komplizierten Brief an Goethe zu verfassen. »Mir liegt so ein geschwollenes Geschreibe nicht.«
Danach griff sich Schubert ein Heft und trug sechzehn der schönsten Goethelieder in sauberer und klarer Schrift ein, unter ihnen das »Heidenröslein«, »Gretchen am Spinnrad«, »Schäfers Klagelied«, »Rastlose Liebe« und natürlich den »Erlkönig«.
Schon in der Früh des nächsten Tages brachte Spaun den Brief und las ihn vor:
»Der Unterzeichnete wagt es, Eurer Exzellenz durch gegenwärtige Zeilen einige Augenblicke Ihrer so kostbaren Zeit zu rauben, und nur die Hoffnung, daß beiliegende Liedersammlung Eurer Exzellenz vielleicht keine ganz unliebe Gabe sein dürfte, kann ihn vor sich selbst seiner großen Freiheit wegen entschuldigen.
Die im gegenwärtigen Heft enthaltenen Dichtungen sind von einem neunzehnjährigen Tonkünstler namens Franz Schubert, dem die Natur die entschiedensten Anlagen zur Tonkunst von zartester Kindheit an verlieh, welche Salieri, der Nestor unter den Tonsetzern, mit der uneigennützigen Liebe zur Kunst …«
»– – – den Salieri und die uneigennützige Liebe zur Kunst streichen wir, Spaun.«
»Franz, das macht sich hier gut.«
»Nein, mit Salieri macht es sich nicht gut.«

»Aber hier ist's notwendig. Der Name, Franz, der Name Salieri, versteh doch.«
»Es ist schon ein Kreuz mit der Kriecherei. Lies weiter, 's ist ja dein Brief.«
»Also – mit der uneigennützigen Liebe zur Kunst zur schönen Reife brachte, in Musik gesetzt. Der allgemeine Beifall, welcher dem jungen Künstler sowohl über gegenwärtige Lieder als seine übrigen, bereits zahlreichen Kompositionen von strengen Richtern in der Kunst sowie von Nichtkennern, von Männern sowie von Frauen zuteil wird, und der allgemeine Wunsch seiner Freunde bewogen endlich den bescheidenen Jüngling, seine musikalische Laufbahn durch Herausgabe eines Teils seiner Kompositionen zu eröffnen, wodurch er sich selber, wie nicht zu bezweifeln ist, in kurzer Zeit auf jene Stufe unter den deutschen Tonsetzern schwingen wird, die ihm seine vorzüglichen Talente anweisen.
Eine auserwählte Sammlung von deutschen Liedern soll nun den Anfang machen, welchem größere Instrumental-Kompositionen folgen sollen. Sie wird aus acht Heften bestehen. Die ersten beiden (wovon das erste als Probe beiliegt) enthalten Dichtungen Eurer Exzellenz, das dritte enthält Dichtungen vom Schiller, das vierte und fünfte vom Klopfstock ...«
»– – – heißt der nicht Klopstock?«
»– – – nein, Klopfstock![1] Das sechste vom Mathißon, Hölty, Salis etc., und das siebente und achte enthalten Gesänge Ossians, welche letztere sich vor allem auszeichnen.
Die Sammlung nun wünscht der Künstler Eurer Exzellenz in Untertänigkeit weihen zu dürfen, dessen so herrlichen Dichtungen er nicht nur allein die Entstehung eines großen Teils derselben, sondern wesentlich auch seine Ausbildung zum deutschen Sänger verdankt. Selbst zu bescheiden jedoch, seine Werke der großen Ehre wert zu halten, einen, so weit deutsche Zungen reichen, so hoch gefeierten Namen an der Stirn zu tragen, hat er nicht den Mut, Eure Exzellenz

[1] Gemeint ist Klopstock

selbst um diese große Gunst zu bitten, und ich, einer seiner Freunde, durchdrungen von seinen Melodien, wage es, Eure Exzellenz in seinem Namen darum zu bitten; für eine dieser Gnade würdige Ausgabe wird gesorgt werden. Ich enthalte mich jeder weiteren Anrühmung dieser Lieder, sie mögen selbst für sich sprechen, nur so viel muß ich bemerken, daß die folgenden Hefte dem gegenwärtigen, was die Melodie betrifft, keineswegs nachstehen, sondern selbem vielleicht noch vorgehen dürften, und daß es dem Klavierspieler, der selbe Eurer Exzellenz vortragen wird, an Fertigkeit und Ausdruck nicht mangeln dürfe.
Sollte der junge Künstler so glücklich sein, auch den Beifall desjenigen zu erlangen, dessen Beifall ihn mehr als der irgendeines Menschen in der weiten Welt ehren würde, so wage ich die Bitte, mir die angesuchte Erlaubnis mit zwei Worten gnädigst melden zu lassen.
Der ich mit grenzenloser Verehrung verharre

Eurer Exzellenz gehorsamer Diener
Joseph Edler von Spaun.«

Schubert saß verlegen auf dem Stuhl in seiner Dachkammer, wiegte den Kopf, sagte: »In dem Brief fehlt gar nichts. Ich möcht fast meinen, dem Herrn Goethe wird kein Plätzl für ein Nein offengelassen. Er wird einfach zusagen müssen bei der Kunst dieses Briefes.«
»Bei der Kunst deiner Lieder, Franz!« Spaun ging zum Fenster, öffnete es und blickte über die Dächer.
Schubert trat an seine Seite. »Die Stare sind schon da, Spaun. Ich bin gespannt, was uns der Frühling ins Haus wehen wird, aus Laibach und aus Weimar.«
»Nur Gutes, Franz. Und jetzt möcht ich mit dir endlich Brüderschaft trinken.«
»Was hör ich? Der Josef Edler von Spaun?« scherzte Schubert und hüpfte wie ein Junge in der Dachkammer umher.
»Ja, der Joseph. Bring schon was, Franz.«

»Ich könnt mir ein Zuckerwasser von der lieben Frau Stiefmutter holen.«
»Dann hol's!«
Als Franz mit zwei Gläsern zurückkehrte, stellten sie sich ans offene Fenster der Kammer. Ihre Gesichter spiegelten sich in den Scheiben. Im Zuckerwasser blitzte die Sonne.
»Sie waren mir schon im Konvikt der liebste«, meinte Schubert. Die Gläser klappten stumpf aneinander.
»Auf Weimar, Franz!«
»Auf Laibach, Josef!«
In der Akazie pfiffen die Stare.

Frühlingswinde trockneten Felder und Wege. Die Menschen gingen aufrechter, der Schmied hatte die Ärmel hochgekrempelt, und der Tischlergeselle Joseph hängte die Winterfenster der Werkstatt aus, trug sie auf den Boden. Über den Himmelpfortgrund ritten wieder Reiter, Offiziere mit ihren Damen, durch die Gassen der Rossau zogen wieder Spielleute, Scherenschleifer und Salamiverkäufer.
Je länger es dauerte, ehe Franz eine Antwort aus Leibach und Weimar erhielt, desto mehr wagte er zu hoffen, daß ihm das Glück gut gesonnen sei.
Therese schien umgekehrt zu denken; denn je länger es dauerte, desto seltener ließ sie sich sehen.
Der Mai verblühte, die Winde wurden wärmer und die Tage länger. Franz begegnete Therese, wie sie einer dicken Händlerin einen Karpfen abkaufte. Obwohl die Fische tot waren, schrie die Frau: »Frische lebende Karpfen! Frische lebende Karpfen!« Franz sah, wie die Händlerin den Fisch mit ihren schmierigen Fingern in Thereses Tuch wickelte.
»Theres«, flüsterte Franz.
»Ach, du bist's.« In ihren Augen standen Fragen. »Ich hab große Eil.«
Franz nickte. Sicherlich war es dumm, daß er jetzt nichts sagte. Er fühlte, wie ihm das Blut ins Gesicht schoß. Auch sie schwieg, aber sie schwieg lächelnd. Die Sonne schien auf das blutige Karpfentuch. »Na, dann Servus.« Es klang mitleidig.
»Servus, Theres«, flüsterte er, aber das konnte sie nicht mehr hören. Sie hatte sich durch die Menge gedrängt. Er schämte sich, und er wußte nicht genau, weshalb. Er dachte, ich habe in ihren Augen die Fragen gesehen, und sie hat in meinem Schweigen die Antwort gelesen. Was gab es noch zu sagen?
Im Haus erwartete ihn der Vater. Der alte Schulmeister hielt ein Päckchen in der Hand, wendete es, besah es mit finsteren Blicken von allen Seiten und murmelte: »Für dich, Franz. Von Herrn Johann Wolfgang von Goethe persönlich, aus Weimar.«
Schubert griff nach dem Päckchen und brachte es in seine Kammer.

Eine Stimme in ihm rief: »Endlich, Theres, wir sind gerettet. Und nun noch Laibach, dann wird alles gut werden.«
Mit zitternden Fingern löste er die Schnüre – Goethe hat mir geschrieben! – er faltete das Packpapier auseinander – Spaun! Könntest du jetzt dabeisein! – und er sah seine Hefte mit den Liedern, nahm das eine und das andere. Wo war Goethes Nachricht? Er wühlte in den Heften, blätterte wie wild, suchte eine Anmerkung, ein Stück Papier, einen Satz, einen Hinweis, zwei Worte, ein Wort – nichts, gar nichts war da, nur die Hefte, das Packpapier und die Schnur.
Wie von einem mächtigen Hieb getroffen, sank er aufs Bett, krallte die Finger ins Kopfkissen und weinte.

Wo du nicht bist, dort ist das Glück

Es folgten Tage, durch die er wie ein Besiegter taumelte. Erschlafft, zermürbt saß er in seiner Kammer, unfähig, eine Note zu schreiben, ein Gedicht zu lesen. Aus jedem Winkel seiner Einsamkeit starrte der Zweifel und schien zu sagen: Du taugst nichts, du kannst nischts, gib auf! In solchen Augenblicken, die wie Sturzbäche über ihn herfielen, schloß er die Augen. Die Gedanken wirbelten ungestüm durcheinander, und zurück blieb das Gefühl der Niederlage. In Nächten und Träumen standen sie alle mit ihren Fragen an seinem Bett: Therese sagte: »Wenn du nicht gedruckt worden bist, wird sich meine Mutter sehr wundern.« Ihre Mutter sagte: »Es fehlt Ihnen der Boden unter den Füßen, eine feste Existenz.« Salieri fragte: »Nun, was ist mit den Dissonanzen in dem ›Erlenkönig‹, Schubert?« Der Verleger frohlockte: »Schülerarbeiten nehmen wir nicht.« Und auf dem Tisch neben dem Bett lag das Packpapier des großen Weisen aus Weimar, daneben stand der Vater, stumm, strengen Gesichts. Er brauchte nichts zu sagen, er hatte es immer prophezeit.
Die Ausnahmen in dem Chor bildeten Spaun und Mayrhofer. Sie trösteten: »Laß dich nicht unterkriegen, Franzl.« Manchmal überschrie

der Chor diesen gutgemeinten Satz. Aber da tauchte gleich wieder Spauns Stimme auf: »Jedes deiner Lieder, Franz, ist ein Gedicht über das Gedicht, das du in Musik setzt.«

In solchen Situationen ist es gut nachzudenken, was man getan hat und was man tun muß. Die Kammer war klein und hatte nur ein Fenster, und die Welt war nicht in dieser Kammer, sie lag hinter dem Fenster. Obschon ihm anfangs das enge Kämmerchen in seiner Bitternis noch zu groß war, weil er sich am liebsten verkrochen hätte, in einem Winkel oder draußen unter einer Hecke, nahte der Tag, an dem ihn die Enge der Dachkammer zu erdrücken suchte. Er floh ins Freie, jagte die Straße hinunter, als wäre er wirklich auf der Flucht; erst später bemerkte er, daß er viel zu schnell ging, bemerkte es, als er die Menschen sah, die Blumen, den Himmel, die Sonne, den rauschenden Brunnen und die Bäume, die prächtigen alten Bäume, die so stolz dastanden wie eh und je, in deren Ästen Kinder saßen und Vögel jubelten. Und nun wurden auch seine Schritte langsamer, die Gedanken begannen sich zu entwirren, einige, nämlich die furchtbarsten, machten sich sogar auf und davon, nahmen ein wenig vom Schmerz mit. Am Rande einer großen gelben Grube, in deren Tiefe sechs Männer Lehm stachen, blieb er stehen. Sie arbeiteten im Schatten, barfüßig, mit nackten Oberkörpern. Die Hosenbeine hatten sie hochgewickelt; sie standen im Wasser, das auch aus der Lore rann, die sie mit Lehm beluden. Auch die Schienen standen unter Wasser, über die sie die Lore schoben, hinauf in einen langen luftigen Holzschuppen, in dem die Ziegel geformt und getrocknet wurden, bevor sie in den Brennofen kamen. Während Franz die Männer beobachtete, über ihr Los, die Schwere ihrer Arbeit nachsann, ertappte er sich, daß sein Interesse wieder erwacht war, ein Umstand, den er vor Stunden und Tagen für immer verloren geglaubt hatte. Und das war der schönste Augenblick des Tages. Schubert lebte!

Josef von Spaun gelang es, ihn in ein kleines Mozart-Konzert mitzunehmen, das im Salon einer begüterten Dame stattfand.

Nach den ersten Tönen packte ihn die Scham über seine Kleinmut

der verflossenen Stunden. Noch in der Nacht gab er sich auf, ein Tagebuch zu führen, in dem er seine Gedanken und Eindrücke wiedergeben wollte, nicht zuletzt, um sich kontrollieren zu können. So schrieb er nach dem Konzert:
»Ein heller, lichter, schöner Tag wird dieser durch mein ganzes Leben bleiben. Wie von fern hallen mir noch die Zaubertöne von Mozarts Musik. Wie unglaublich kräftig und wieder so sanft ward's durch Schlesingers meisterhaftes Spiel ins Herz tief, tief eingedrückt. So bleiben uns die schönen Abdrücke in der Seele, welche keine Zeit, keine Umstände verwischen und wohltätig auf unser Dasein wirken. Sie zeigen uns in den Finsternissen dieses Lebens eine lichte, helle, schöne Ferne, worauf wir mit Zuversicht hoffen. O Mozart, unsterblicher Mozart, wie viele, o wie unendlich viele solche wohltätige Abdrücke eines lichtern bessern Lebens hast du in unsere Seelen geprägt.«
Franz hatte das Glück wiedergefunden, die Ruhe, den Glauben an sich. Der Schmerz hatte ihn reifer gemacht und seinen Willen gefestigt. In der nächsten Nacht konnte er in sein Tagebuch schreiben:
»Nach einigen Monaten machte ich wieder einmal einen Abendspaziergang. Etwas Angenehmeres wird es wohl schwerlich geben, als sich nach einem heißen Sommertag abends im Grünen zu ergehen, wozu die Felder zwischen Währing und Döbling eigens geschaffen scheinen. Im zweifelhaften Dämmerschein, in Begleitung meines Bruders Karl, ward mir so wohl ums Herz. Wie schön, dacht ich und rief ich und blieb ergötzt stehen. Die Nähe des Gottesackers erinnert uns an unsere gute Mutter. So kamen wir unter traurig traulichen Gesprächen auf den Punkt, wo sich die Döblinger Straße teilt …«
Und die nächste Eintragung lautet sogar:
»An diesem Tag komponierte ich das erste Mal für Geld. Nämlich eine Kantate für die Namensfeier des Herrn Professor Wattrot von Dräxler. Das Honorar ist 100 Gulden.« Diesen Auftrag hatte er von Studenten erhalten, die ihren Professor ehren wollten.

Der Sommer verging, ohne daß er Therese gesehen hatte. Wenn er auch darunter litt, so zeigte er es jetzt nicht mehr, sondern übertrug den Schmerz in seine Werke, in seine Sinfonien, in denen auch die Heiterkeit manch glücklicher Stunde lächelte.

Später heiratete Therese den Sohn des Bäckers.

Und es geschah, daß auch aus Laibach die Nachricht eintraf, die Musiklehrerstelle sei von einem anderen Bewerber besetzt worden. »Nehmt die Menschen, wie sie sind, wie sie sein sollen ...«, schrieb er ins Tagebuch. »Der Mann trägt Unglück ohne Klage, doch fühlt er's desto schmerzlicher.«

Sosehr es ihn schmerzte, der Bereich seines Schmerzes war größer geworden; er hatte die Grenzen gesprengt, er ging über Therese hinaus, reichte jetzt weiter als bis Weimar und Laibach. »Die Worte sind verpönt«, hatte Mayrhofer zitiert, »glücklich, daß die Töne ... noch frei sind.«

Doch Schubert suchte auch nach Worten, die den großen Schmerz auszudrücken vermochten, die das Leid des Volkes wiedergaben, und dazu wollte er eine Melodie schaffen; er fand den Text eines wenig bekannten Poeten, dessen Gedicht seinen Gedanken entsprach. Es hieß: »Des Fremdlings Abendlied.« Schubert, der es in Musik setzte, nannte es: »Der Wanderer.«

Und dieser Wanderer war er selber:

Ich komme vom Gebirge her,
es dampft das Tal, es braust das Meer.
Ich wandle still, bin wenig froh,
und immer fragt der Seufzer: wo?

Die Sonne dünkt mich hier so kalt,
die Blüte welk, das Leben alt,
und was sie reden, leerer Schall.
Ich bin ein Fremdling überall.

Wo bist du, mein geliebtes Land?
Gesucht, geahnt und nie gekannt!
Das Land, das Land so hoffnungsgrün,
das Land, wo meine Rosen blühn –

Wo meine Freunde wandelnd gehn,
wo meine Toten auferstehn,
das Land, das meine Sprache spricht,
o Land, wo bist du?

Ich wandle still, bin wenig froh,
und immer fragt der Seufzer: wo?
Im Geisterhauch tönt's mir zurück:
»Dort, wo du nicht bist, dort ist das Glück!«

Aber auch für dieses Lied wie für alle vorangegangenen fand er zunächst keinen Verleger. Die Händler sagten, er wäre zu unbekannt, und wer kaufte schon Lieder eines unbekannten Komponisten? Noch dazu solch ernste, besonnene, mahnende Lieder?
»Das riecht alles zu sehr nach Grab und Friedhof und Dunkelheit«, hatte ihm ein Verleger gesagt. »Da kommen einem ja die Tränen, wenn man die Noten sieht. Was wir brauchen, Schubert, ist Heiterkeit, Tanz, Schwung, Freude!«
Und ein anderer Verleger hatte gemeint: »›Dort, wo du nicht bist, dort ist das Glück.‹ Mein lieber junger Freund, was soll denn das? Wer gibt schon für die eigenen Schmerzen noch Gulden aus, Herr Schubert? Nein, nein, nehmen Sie sich mal ein Beispiel an Herrn Rossini. Ganz Wien liegt dem Mann zu Füßen.«
Was Rossini anlangte, so hatte der Mann recht. Das wußte auch Schubert. Der italienische Komponist beherrschte die Wiener Oper. Sein Ruhm und seine Beliebtheit steigerten sich von Tag zu Tag. Die Stadt raste, fiel in einen Rossini-Taumel, über den nicht nur der Kaiser, sondern auch Metternich zufrieden lächelten; denn sie konnten sich

nichts Besseres zu ihrer Politik des Stillstandes und der Wiederherstellung der alten überlebten Gesellschaftsordnung wünschen als einen Mann, der ihnen die passende Musik lieferte. Rossini war ihr Vergnügungsmeister, er riß die Menschen in den Strudel der leichten Unterhaltung, schrieb ihnen, da sie der Kriege müde waren, die Schlummerlieder und Traumgesänge, lullte sie ein, ließ die Helden seiner Opern unter Ballmelodien, umgeben von Tänzerinnen, leiden oder sterben. Seine Musik war den Wienern Trost, sie sang das Lied der Vergeßlichkeit. Trotz seines Talents und trotz der gekonnten Behandlung der Instrumente in seinen Opern schrieb er sorglos und mit großer Leichtigkeit, bestahl sich selber, indem er eigene Melodien wiederholte, und handelte nach dem italienischen Sprichwort: »Nicht das ist schön, was schön ist, sondern schön ist, was gefällt.« Und es gefiel den Wienern. Sie vergaßen für einige Zeit Haydn und Mozart. Beethoven beschimpfte Rossinis Musik als »Singsang«.

Als Schubert und seine Freunde Spaun und Mayrhofer nach einer Aufführung des »Barbier von Sevilla«[1] in einem Wirtshaus zusammensaßen, über ihre Eindrücke sprachen, sagte Franz: »Ich finde den Barbier und manch anderes in Rossinis Opern köstlich, aber ...«

»– – – da gibt's kein Aber, Franzl«, warf Spaun ein, »das glänzt alles, das brilliert, das reißt mit.«

Und Mayrhofer: »Ich glaub schon, daß er ein Gott ist und ...«

»– – – aber ein kurzlebiger Gott«, schrie Schubert.

»So vorzüglich manches bei ihm ist, es fehlt der innere Gehalt, die Tiefe, die Ehrlichkeit.« Und ruhiger geworden: »Seine Werke werden nicht von Dauer sein. Man wird bald der Leichtigkeit und Fehlerhaftigkeit gewahr werden. Und dann werden die Wiener zum ›Don Juan‹, zur ›Zauberflöte‹ und zum ›Fidelio‹ zurückfinden.«

»Du unterschätzt ihn, Franz«, sagte Spaun.

Schubert wehrte ab: »Ich hab gesagt, daß ich den Barbier und manch

[1] Die Opfer »Der Barbier von Sevilla« wird heute noch in den Theatern aufgeführt. Von Rossinis anderen Opern spielt man tatsächlich heute nur noch die Ouvertüren

anderes in seinen Opern köstlich finde, aber ansonsten frag ich mich: Was bleibt davon? Und ich sag's euch: nicht viel!«

»Du übertreibst!«

»Ach was, Mayrhofer, ihr seid geblendet wie von einer knisternden Seide mit Flitter. Der ganze italienische Stil ist nur eine Dudelei, so etwas schüttel ich alle Tag aus dem Ärmel, wenn ich nur wollte.«

»Das nicht, Franz, das nicht!« rief Spaun.

»Nein, da schüttelst du nichts aus dem Ärmel«, brüllte Mayrhofer, »dazu bist du nämlich viel zu ernst und vermagst dich nicht in Rossinis Welt zu versetzen. Und dann: Vergiß nicht seine charakteristische Instrumentierung, Franz.«

Schubert lächelte. Ruhig sagte er: »Ich mach's. So ein Gedudel bring ich noch allemal zustand. Da krieg ich nicht mal Kopfweh dabei, weil zu so einer Sach gar kein Kopf nötig ist.«

»Ich bestell noch einen Wein, Franzl, wenn du's machst«, lockte Spaun.

»Bestell gleich zwei, Josef«, Schubert zwinkerte, »und wenn du noch lange redest, schaff ich dir so viel nachgemachten Rossini in ein paar Tagen, daß mir der Wein fürs Leben reichen möcht.«

Am nächsten Abend legte Schubert zwei Ouvertüren auf den Tisch, über denen geschrieben stand: »Im italienischen Stil.«
Die Freunde staunten.
Franz sagte vergnügt: »Da habt ihr euren rossinischen Schubert. Macht's damit, was ihr wollt, und laßt mich aus!«
Das taten sie.
Wenn bisher kein Lied und keine seiner fünf Sinfonien öffentlich aufgeführt worden war, wenn man es abgelehnt hatte, weil Schubert zu unbekannt wäre, so erging es diesen zwei Ouvertüren anders. Spaun und Mayrhofer hatten sie einem Musikverein übergeben, der sie, da die Werke der Zeitmode entsprachen, sofort aufführte, wiederholte und abermals spielte.
Über diesen sonderbaren Erfolg war Schubert weder glücklich noch ungehalten. Er lächelte darüber, und er lächelte noch mehr, als die »Wiener Allgemeine Musikalische Zeitung« davon Notiz nahm und schrieb: »Die Ouvertüre des Herrn Schubert gefiel sehr. Sie ist dem italienischen Geschmack und dem neuesten Diktator desselben, Herrn Rossini, nachgebildet (das Orchester war nicht durchaus rein genug gestimmt).« Und nach der Aufführung der zweiten Ouvertüre schrieb die »Wiener Theaterzeitung« lobend: »Die zweite Abteilung begann mit einer wunderlieblichen Ouvertüre von einem jungen Kompositeur Franz Schubert. Dieser, ein Schüler unseres hochverehrten Salieri, weiß schon jetzt alle Herzen zu rühren und zu erschüttern. Obwohl das Thema befremdend einfach war, entwickelte sich aus demselben eine Fülle der überraschendsten und angenehmsten Gedanken ... Möchte uns dieser Künstler doch recht bald wieder mit einer neuen Gabe erfreuen.« Die Gaben lagerten in Schuberts Dachkammer, zu Stößen und unbeachtet, doch ihnen haftete ein »Fehler« an: Sie waren nicht im italienischen Stil geschrieben.
Spaun hatte, um Schubert den Ärger zu ersparen oder um ihn im Glücksfall zu überraschen, eines der Werke, nämlich die Ballade vom »Erlkönig«, von sich aus an die Leipziger Weltfirma Breitkopf & Härtel als Probe geschickt.

Während Josef von Spaun auf eine Antwort hoffte, saß in Leipzig der Verleger Gottfried Christoph Härtel vor dem »Erlkönig-Lied« und beschnupperte es von allen Seiten wie einen anrüchigen Gegenstand. Franz Schubert? Mißtrauisch las er den Namen auf dem Werk. Vielleicht wollte dieser feine Herr Schubert aus Wien den Verlag betrügen und irreführen, ihn vor der Welt blamieren, dachte Härtel. Die Folgen waren nicht auszudenken. Schließlich kannte Herr Härtel nur einen Mann namens Franz Schubert, und der wohnte in Dresden, war dort angesehener königlich-sächsischer Konzertmeister und Kirchenkompositeur. Also nahm der Verleger den »Erlkönig« und schickte ihn nach Dresden zu dem ihm bekannten Herrn Franz Schubert. Der sollte sich das Werkchen ansehen und nachprüfen, vielleicht handelte es sich um einen Namensmißbrauch.
Der sächsische königliche Kirchenkompositeur in Dresden, ein Mann mit bescheidenem Talent, aber dafür auf den Wogen der Zeit elegant dahingleitend, erbleichte, als ihm die Leipziger Nachricht mit dem »Erlkönig« vorgelegt wurde. Er läutete alle seine Freunde zusammen, um ihnen den Mißbrauch seines Namens kundzutun. Sofort schrieb er zornerfüllt einen Brief an den Verleger in Leipzig:
»Wertgeschätzter Freund!
... Noch muß ich Ihnen melden, daß ich vor ungefähr zehn Tagen einen von Ihnen mir schätzbaren Brief erhalten, wo mir dieselben ein von mir sein sollendes Manuskript, den Erlkönig von Göthe, überschickten, zu meinem größten Erstaunen melde ich, daß diese Kantate niemals von mir komponiert worden; ich werde selbige in meiner Verwahrung behalten, um etwan zu erfahren, wer dergleichen Machwerk an Ihnen auf eine so unhöfliche Art übersendet hat, und um auch diesen Padron zu entdecken, der meinen Namen so gemißbraucht. Übrigens bin ich Ihnen für Dero gütige Übersendung freundschaftlich verbunden und verbleibe mit der vollkommensten Hochachtung Dero verbindlichster

Freund und Brd!!!

Franz Schubert, Königl. Kirchen Kompositeur.«

So blieb also eine Kopie des »Erlkönigs« bei dem sächsischen Schubert, der königlich komponierte, in Verwahrung. Herr Härtel hingegen »strafte« die Wiener, indem er ihnen nicht antwortete. Weder Schubert noch Spaun erfuhren von der Komik, die sich zwischen Leipzig und Dresden ihretwegen zugetragen hatte.

Lieber kleiner Junge

Schuberts Freundeskreis war größer geworden. Zu Spaun und Mayrhofer gesellten sich, außer Michael Senn, den sie manchmal besuchten, andere, unter ihnen ein Mann namens Schober, der eines Tages sagte: »Wir brauchen für Franz einen Sänger, einen berühmten Sänger, der sich bereit erklärt, seine Lieder öffentlich vorzutragen.«
»Und wenn?« Das fragte Mayrhofer wie Spaun. Ohne es auszusprechen, dachten alle: Welch berühmter Sänger singt schon die Lieder eines Unbekannten?
»Den Vogl müßten wir gewinnen«, meinte Schubert. »Ich hab ihn neulich wieder den Orest in Glucks ›Iphigenie auf Tauris‹ singen hören, im Kärntnertortheater, ich sag euch, unvergeßlich!«
»Vor leerem Hause«, fügte Mayrhofer hinzu.
»Ist's seine Schuld?« verteidigte Schubert den Sänger. »Er macht halt den Rossini-Taumel nicht mit.«
Schober, der eine Verbindung zum Kärntnertortheater hatte, übernahm es, mit dem Hofopernsänger zu sprechen. Er wußte, daß es schwer war, mit diesem Mann ins Gespräch zu kommen, da man sich erzählte, wie unnahbar der Herr wäre.
Schober kam mit der Nachricht zurück, Vogl habe ihm gesagt, er hätte die Musik satt bis über die Ohren und strebe vielmehr danach, sie loszuwerden.
»Er meint die Rossini-Raserei«, sagte Schubert. »Ich find die Antwort ganz natürlich. Eine andere hab ich nicht erwartet.«
Was Schober nicht erzählt hatte, daß Vogl ihm gesagt hatte, er habe

hundertmal von jungen Genies vernommen und sich getäuscht gefunden, so sei es gewiß auch mit diesem Schubert. Man solle ihn gefälligst in Ruhe lassen, er wolle nichts mehr darüber hören.
So gedrückt die Freunde den Bericht aufgenommen hatten, so entschlossen war Schober, diesen Kampf nicht aufzugeben. Franz von Schober, Besitzer eines Wiener lithographischen Instituts, war nicht nur wohlhabend, sondern auch ein Mann von Geist, Kenner der Literatur, Malerei und Musik, hatte in seiner frühen Jugend auf kleinen Bühnen Theater gespielt, malte und dichtete; er schenkte Schubert das Lied »An die Musik« zur Vertonung:

Du holde Kunst, in wieviel grauen Stunden,
wo mich des Lebens wilder Kreis umstrickt,
hast du mein Herz zu warmer Lieb entzunden,
hast mich in eine beßre Welt entrückt.

Oft hat ein Seufzer, deiner Harf entflossen,
ein süßer heiliger Akkord von dir,
den Himmel beßrer Zeiten mir erschlossen,
du holde Kunst, ich danke dir dafür!

Es ist nicht verwunderlich, daß es Schober war, dem es in seiner Liebe zu Schuberts Musik und seiner unnachgiebigen Hartnäckigkeit gegenüber Vogl gelang, den Hofopernsänger doch ins Haus zu bringen. Da stand dann der berühmte Sänger, groß wie ein Hüne und etwas geringschätzig herabblickend auf den kleinen, rundlichen Schubert, dessen Augen hinter den Brillengläsern unsicher zu dem Riesen aufschauten.
Schubert machte einen linkischen, unglücklich aussehenden Kratzfuß, stammelte etwas von »Ehre der Bekanntschaft«, stand verlegen herum, schaute hilfesuchend zu Schober, der rettend das Gespräch mit Vogl aufnahm.
Schober hatte ein eigenes Klavier, auf dem ein ganzer Stoß handge-

schriebener Lieder seines Freundes Franz lagen. Michael Vogl nahm das nächstliegende Blatt. Es war das »Augenlied«, mit dem Text von Mayrhofer, nicht das bedeutendste Werk Schuberts, obwohl hübsch und melodiös.
Der Hofopernsänger betrachtete das Blatt eine Weile und sagte laut: »Na, was haben Sie denn da? Begleiten Sie mich.«
Immer noch schüchtern, setzte sich Franz Schubert ans Klavier, spielte und hörte, wie Vogl die Melodie summte, manchmal auch ein bißchen sang, aber nur mit halber Stimme.
»Nicht übel«, bemerkte Vogl.
Sie probierten noch andere Lieder, allerdings ohne daß Vogl sie voll ausgesungen hätte. Lediglich an einigen Stellen brach seine Stimme wohlklingend durch, fiel aber sofort zurück ins Summen.
Mitten in einem Lied klopfte der Sänger dem kleinen Schubert auf die Schulter: »Es steckt etwas in Ihnen, aber Sie sind zuwenig Komödiant, zuwenig Scharlatan. Sie verschwenden Ihre schönen Gedanken, ohne sie breitzuschlagen.«

Der Hofopernsänger griff seinen Zylinder und verließ das Schobersche Haus. Er hatte nicht angedeutet, ob er wiederzukommen beabsichtige. Doch eins wußte Schubert wie Schober: Vogls ironische Bemerkung, er sei zuwenig Komödiant, zuwenig Scharlatan, er verschwende seine schönen Gedanken, ohne sie breitzuschlagen – war ein Lob und ein sarkastischer Hieb gegen Rossini, der seine musikalischen Einfälle breitwalzte.

Franz von Schober mußte noch mehrere Male zu Vogl gehen, um ihn an Schubert und dessen Lieder zu erinnern. Der Hofopernsänger hatte sie keineswegs vergessen, sondern wollte gern wiederholt gebeten werden. Bald kam der berühmte Sänger von selbst ins Haus und sang im Freundeskreis die Lieder. Er tat es meisterhaft und war von den Werken des kleinen Mannes, wie er Schubert manchmal nannte, so ergriffen wie die Zuhörer. Am glücklichsten war Schubert; denn ein lang gehegter Wunsch hatte sich erfüllt: Seine Lieder wurden gesungen, dazu von einem Mann, der künstlerisch imstande war, die Melodien hinauszutragen aus engen Stuben und kleinen Salons.

Inzwischen hatte Schubert die Studien bei Salieri aufgegeben. Das kühle Zeugnis für Laibach spielte bei diesem Entschluß gewiß keine geringe Rolle.

Eines Mittags erschien Franz bei seinem Vater und sagte entschlossen, jegliche behutsame Einleitung vermeidend: »Herr Vater, ich möchte den Dienst als Schulgehilfe aufkündigen.«

Ruckartig riß Franz Theodor Florian Schubert den Kopf hoch und starrte auf seinen Sohn. »Das möchte ich schon noch einmal hören!« In den Augenwinkeln glitzerte ein spöttisches Lächeln.

Franz antwortete nicht, sondern blieb still und brav mitten in der Stube stehen und schaute seinen Vater an.

»Aufkündigen«, wiederholte er und betonte das Auf und sperrte den Mund dabei so auseinander, daß es aussah, als wolle er den ganzen Satz hinunterschlucken. »Aufkündigen!« Der Vater lachte laut und dröhnend, es war mehr ein schauerliches Gebrüll, ohne daß deswegen das Gesicht freundlicher aussah. »In Laibach mochten sie dich nicht«, sagte der Vater, »Herr Goethe schickte dir's Packpapier und die Hefte zurück«, sagte der Vater, »und Therese Grob ist dir davongelaufen, weil du ihr eine unsichere Existenz bist. So ist das!« Er ging ein paar Schritte, verschränkte die Arme auf dem Rücken und spielte aufgeregt mit den Fingern. »Also wirst du aufkündigen. Und leben wirst du wovon?« Er blieb stehen. »Wovon wirst du leben, Franz?«

»Ich habe eine Stelle als Hausmusiklehrer bekommen, Herr Vater.«

»Ach, für zehn Kreuzer die Stunde, wie?« Er ging wieder einen Schritt, blieb stehen. »Zwei Stunden in der Woche, macht zwanzig Kreuzer.« Abermals ging er einen Schritt.

»Nein, Herr Vater, fünfundsiebzig Gulden im Monat!«

Der Schulmeister hielt sich am Tisch fest. Er hatte nun den Mund so weit offen wie vorhin, als er das *Auf*kündigen gesprochen hatte. »Ein Scherz, Franz?«

»Nein. Beim Grafen Esterhazy von Galantha ist's, Herr Vater. Auf seinem Landschloß in Ungarn soll ich seine beiden Töchter unterrichten, in Klavier und Gesang. Kost und Unterkunft sind frei. Also über die Sommermonate.«

Gegen dieses Angebot, das Freunde besorgt hatten, vermochte der Vater nichts einzuwenden, denn was das Gehalt anbelangte, so war es fast doppelt so hoch wie das des Schulgehilfen.

»Für die Sommermonate?«

»Ja, Herr Vater.«

»Und dann kommt der Herr Graf in die Hauptstadt zurück?«

»Ja, Herr Vater.«

»Hm. So beantrag ich für dich einen unbezahlten Jahresurlaub als Schulgehilfe, Franz.« Franz nickte.

Ein Jahr! Ein Jahr? Schon wieder hatte der Vater eine Grenze gezogen. Ein Jahr, das bedeutete, er trug sich mit dem Gedanken, Franz werde nach Ablauf des Jahres doch wieder in den Schuldienst eintreten. Nein, Franz Theodor Florian Schubert gab nicht auf …

Mit Getöse ratterte die Kutsche zum Stadttor hinaus, vorbei an Häusern, Menschen und Bäumen.
Es war Juli. Heißer Sonnenschein brannte auf das Verdeck des Fahrzeuges, in dem der glücklichste Mensch saß. Ich bin frei, jubelten seine Gedanken, frei, wie ich es noch nie gewesen bin.
Die letzten Häuser der Stadt liefen vorbei, eine Wiese, ein Wald, eine Ziegelbrennerei, aus deren Schornstein schwarzer Rauch quoll, der unter dem hellblauen Himmel dick dahinrollte und große Schatten auf Wiesen und Wege malte.
Franz schaute vergnügt aus dem Fenster, betrachtete die gelben Weizenfelder, in die sich ein milder Wind warf. Eine einsame Linde zeigte sich und verschwand. Sensen blitzten im grellen Licht, Vögel schwirrten auf und flatterten einem Hügel zu, hinter dem eine weite Ebene lag, in die der Kutscher peitschenknallend hinabfuhr.
Bis zum Landsitz des Grafen waren es vierzehn Poststationen.
Das Schloß war nicht groß, eher etwas niedlich, und von einem herrlichen Park umgeben. Franz, der die zwei Grafenkinder zu unterrichten hatte, aber nicht, weil der Herr Graf ein leidenschaftlicher Musikliebhaber gewesen wäre, sondern weil die Musik zu seinem Hause gehörte wie das Silber zur Tafel. Franz also glaubte ins Mittelalter zurückgefallen zu sein, als er nach wenigen Tagen die Insel des herrschaftlichen Lebens durchforscht hatte. Das Schloßpersonal schien fast aus einem Märchen zu stammen: Da gab es den Inspektor, dessen Frau mit gnädig anzusprechen war, da gab es einen jungen Hausarzt, der dauernd selber krank war, einen Tierarzt, greisenalt, aber immer heiter, hinzu kamen Kammerdiener und Beamte, schwitzende Köchinnen und fleißige Wäscherinnen, Jäger und Kutscher, Kellermeister und – einen Hofrichter, der streng über den Großgrundbesitz des Grafen wachte, Strafen verhängte und dadurch der gefürchtetste Mann des Gebietes war. Der Graf war grob und roh, die Gräfin stolz und eitel.
Franz Schubert, der vom Braten verschont blieb und nicht am Tische

der gräflichen Familie speisen durfte, was ihn mehr beglückte als ärgerte, wohnte im Haus des Gesindes.
Kurz nach der Ankunft schrieb er einen Brief an seine Wiener Freunde: »Wie könnt ich Euch vergessen, Euch, die Ihr mir alles seid! Spaun, Schober, Mayrhofer, Senn, wie geht es Euch, lebt Ihr wohl? Ich befinde mich recht wohl. Ich lebe und komponiere wie ein Gott, als wenn es so sein müßte.
Mayrhofers ›Einsamkeit‹ ist fertig, und wie ich glaube, so ist's mein Bestes, was ich gemacht habe, denn ich war ja ohne Sorge. Ich hoffe, daß Ihr alle recht gesund und froh seid, wie ich es bin. Jetzt lebe ich einmal, Gott sei Dank, es war Zeit, sonst wäre noch ein verdorbener Musikant aus mir geworden. Schober, melde meine Verehrung bei Herrn Vogl, ich werde nächstens frei sein, auch ihm zu schreiben. Wenn es sein kann, so bringe ihm bei, ob er nicht die Güte haben wollte, bei dem Kunzischen Konzerte im November ein Lied von mir zu singen, welches er will ...«
Diese Freude war ehrlich, doch es war die Freude der ersten Tage, deren Vater Freiheit hieß, die er sich errungen hatte. Wer im Haus des Gesindes wohnt, lernt das Gesinde kennen; denn außer den täglichen Unterrichtsstunden, die er den beiden Komtessen erteilen mußte, hatte er keine Pflichten zu tragen und konnte seinen Wünschen und Neigungen nachgehen. Er komponierte, schaute sich um, streifte durch den Park, sprach mit Kutschern und Gutsarbeitern, die ihm anfangs mißtrauten, da sie glaubten, er wäre dem Grafen durch seine Stellung mehr verbunden als ihnen.
Franz wanderte hinunter zum Flusse Gran, durch die kleinen Dörfer mit den niedrigen Hütten und weißgetünchten Brunnen, hörte in Kirchen die Predigten der Pfarrer und notierte sich Beobachtungen. Darunter befanden sich Aufzeichnungen, die für einen Komponisten ungewöhnlich waren. »Die Ernte ist hier sehr schön. Man bringt hier das Getreide nicht wie in Österreich in Scheuern, sondern man errichtet auf freiem Felde ungeheure Haufen, welche man Triften nennt. Sie sind öfters 40 bis 50 Klafter lang und 15 bis 20 hoch. Sie

wissen es so geschickt zu legen, daß der Regen, welcher ablaufen muß, keinen Schaden machen kann. Hafer und dergleichen vergräbt man auch in der Erde.«

Als er an einem heißen Tag über einen Hügel schritt und hinab auf ein weites Weizenfeld schaute, entdeckte er im tiefen Gras einen schlafenden Jungen. Er lag da wie einer, der jemandem auflauern möchte. Doch er schlief, und erst als Franz nahe bei ihm war, schreckte er auf, kniete und faltete die Hände. »Herr, bei Gott, Herr, schlagen Sie mich nicht, nein, nicht schlagen!« Ängstlich wendete der Junge den Kopf und blickte zum Feld.

»Du hast geträumt«, sagte Schubert. »Schlagen, weshalb sollte ich dich schlagen, Kleiner?«

»Sie sind nicht vom Schloß?« Des Jungen Hände fielen herab.

»Doch, ich bin vom Schloß.«

Sofort faltete er wieder die Hände, blickte so ängstlich wie zuvor.

»Ich hab mir's gleich gedacht, daß Sie vom Schloß sind; die Schuhe, die feine Hose, die Weste, die Brille!«

»Deshalb brauchst du dich nicht vor mir zu fürchten, Junge.« Franz hockte sich zu ihm ins Gras, und sie waren sich jetzt nahe, Aug in Aug. Franz lächelte gutmütig. Die Lippen des Jungen bebten. »Erzähl, warum liegst du hier auf der Lauer, wo weit und breit kein Mensch zu sehen ist?«

Der Kleine zuckte mit den Schultern.

»Kannst mir's sagen, wenn ich auch vom Schloß bin. Dort gibt's Leute, denen würdest du's bestimmt erzählen, den Kutschern zum Beispiel oder den Wäscherinnen.«

»Wie ein Kutscher sehen Sie nicht aus, Herr.« Abermals wendete der Junge den Kopf und blickte hinunter zum Weizenfeld.

»Hast du dort etwas versteckt?«

Er nickte.

»Und nun denkst du, ich nehme es dir fort, was?«

Der schwarzhaarige Junge schüttelte den Kopf. Es ist fast gleich, dachte er. Wenn er weitergeht, entdeckt er's sowieso, und ich be-

komm Schläge. Also sag ich's, vielleicht kann man ihm glauben, und es wird alles noch gut.
Stockend erzählte er, daß am Ende des Weizenfeldes, wo ein schmaler Streifen gemäht wäre, fünfundzwanzig Schnitter lägen, Männer und Frauen. »Sie müssen wissen, Herr, sie sind seit Mondschein hier draußen und haben bis Mittag ohne längere Pause gemäht. Und jetzt, in der größten Hitze, schlafen sie ein wenig, was verboten ist. Also haben sie mich auf den Hügel geschickt, damit ich aufpasse, wenn einer vom Schloß kommt. Dann muß ich pfeifen.«
»Dann pfeif schon.«
»Das geht jetzt nicht mehr«, sagte er und blickte wieder traurig. Er meinte, wenn er nun pfiffe, sähen die Schnitter den fremden Mann,

wüßten, daß ihr Aufpasser überrascht worden wäre, und würden ihn, den Jungen, verhauen.
»Da machen wir's anders«, sagte Schubert lachend. »Ich leg mich ins Gras, und du pfeifst, die Schnitter springen auf, du rennst zu ihnen, und wenn sie arbeiten, komme ich gemütlich den Berg herunter, so als hätten wir uns nie gesehen.«
War das ein böser Scherz, den der Fremde mit ihm trieb?
Inzwischen hatte sich Schubert ins Gras gesteckt und flüsterte: »Pfeif schon, oder glaubst du mir immer noch nicht?«
Der Junge pfiff und rannte den Hügel hinab. Ein Kiebitz sprang aus dem Feld und schwebte dem Flusse zu.
Der Pfiff hatte die Schnitter hochgerissen. Es war so gleichmäßig geschehen, daß man denken konnte, sie wären alle durch einen Strick miteinander verbunden, an dem nur jemand zu reißen brauche, um sie aufspringen zu lassen. Längst säbelten ihre Sensen wieder die Weizenhalme, während die Frauen die Schwaden bündelten. Und dazu sangen sie, sie sangen laut und schön und arbeiteten hastig.
Franz, der im Grase liegend die Schnitter beobachtete, diesem schaurig schönen Schauspiel der Angst, ausgelöst durch den Pfiff, stand plötzlich auf und lief zum Hügel zurück, um den gräflichen Landarbeitern die Furcht zu nehmen, die sie so antrieb.
Als er sich wieder dem Schloß näherte, hatte er das Gefühl, die vielen Fenster wären Augen, böse Augen, die bös über den Park hinwegschauten, hinein ins Land, auf die Felder und Äcker, Wiesen und Wälder. Wenn ich die Leute um mich nicht alle Tage besser kennenlernte, dachte er, ginge es mir noch ebenso gut wie anfangs.
Auf dem Tisch seines Zimmers erwartete ihn ein Brief von Ignaz. Er konnte ihn nicht schnell genut öffnen. Ein Gruß von Wien, ein Wort von zu Haus! Der Bruder schrieb: »Du glücklicher Mensch, wie sehr ist Dein Los zu beneiden; Du lebst in einer süßen goldenen Freiheit, kannst Deinem musikalischen Genie volle Zügel schießen lassen, kannst Deine Gedanken, wie Du willst, hinwerfen, wirst geliebt, bewundert, vergöttert ...« Franz ließ das Blatt sinken und dachte, wäh-

rend er auf den Schloßhof hinabschaute: O Ignaz, ja, frei bin ich, bis zu einem gewissen Grade bin ich freier, als ich es im Schuldienst war, und ich bin glücklich, ich kann komponieren, wann ich will, doch richtig glücklich und frei kann man wohl erst sein, wenn sich die eigene Freiheit und das eigene Glück in den Gesichtern jener widerspiegelt, die einen umgeben. »Du wirst Dich wundern«, schrieb der Bruder, »wenn ich Dir sage, daß es in unserem Hause schon so weit gekommen ist, daß man sich nicht einmal mehr zu lachen getraut, wenn ich vom Religionsunterricht eine abergläubische Schnurre erzähle. Du kannst Dir also leicht denken, daß ich unter solchen Umständen gar zu oft von innerlichem Ärger ergriffen werde und die Freiheit nur dem Namen nach kenne. Siehst Du, von allen diesen Dingen bist Du nun frei, bist erlöst, Du siehst und hörst von all diesem Unwesen und besonders von unseren Bonzen nichts mehr, von welchen letzteren man Dir gewiß nicht erst den trostreichen Vers des Bürgers zurufen muß:

Beneide nicht das Bonzenheer
um seine dicken Köpfe,
die meisten sind ja hohl und leer
wie ihre Kirchturmknöpfe.

Lebe nun wohl und komme bald; denn ich hätte Dir noch viel zu sagen, was ich mir aber verspare bis auf eine mündliche Unterredung.« Über den Schloßhof liefen der Inspektor, der Hofrichter und ein schwarzgekleideter Pfarrer, der seinen Hut lüftete und sich mit einem weißen Taschentuch über die rosige Glatze wischte. Gänse stoben auseinander. Der Inspektor schrie und fuchtelte wild mit den Armen. Ein paar Landarbeiter rannten in verschiedene Richtungen. Kurz danach fuhr eine elegante schwarze Kutsche vor, mit einem goldenen Wappen auf der Tür und blutrot gestrichenen Rädern. Ein goldbetreßter Diener stieg steif die Freitreppe hinauf und stellte sich mit würdig gemessenem Blick neben das Portal des Schlosses. Der

Graf trat heraus, blickte in den Himmel, danach auf den Pfarrer, den Inspektor, den Hofrichter. Er lächelte.
Die vier Herren kletterten in die Kutsche und fuhren davon.
Franz, immer noch den Brief seines Bruders in der Hand, dachte: Lieber kleiner Junge, schlaf bloß jetzt nicht ein auf dem Feld, nur jetzt nicht. Nun kommen wirklich welche vom Schloß, um zu inspizieren.
Sicher hätte er den Brief von Ignaz nicht gleich beantwortet, wenn er nicht untem im Schloßhof den Pfarrer gesehen hätte; denn den hatte er am vergangenen Sonntag in der Kirche predigen hören. Und das wollte er Ignaz sofort mitteilen. Es lohnte sich, und Franz stellte sich vor, wie Ignaz über seine Zeilen lachen würde: »... Du, Ignaz, bist noch ganz der alte Eisenmann. Der unversöhnliche Haß gegen das Bonzengeschlecht macht Dir Ehre. Doch hast Du keinen Begriff von dem hiesigen Pfaffen, bigottisch wie ein altes Mistvieh, dumm wie ein Erzesel und roh wie ein Büffel, hört man hier Predigten, wo der sehr venerierte Pater Nepomucene nichts dagegen ist. Man wirft hier auf der Kanzel mit Ludern, Kanaillen etc. herum, daß es eine Freude ist, man bringt einen Totenschädel auf die Kanzel und sagt: Da seht her, ihr pukerschäkigten Gfriser, so werdet ihr einmal aussehen ...«
Je länger der Aufenthalt auf Schloß Zseliz dauerte, desto mehr sehnte sich Schubert zurück nach Wien. Er vermißte seine Freunde, ihre anregenden Ratschläge, ihre Hingabe an seine Musik, für die sie alles einsetzten, was sie besaßen; denn hier auf dem Schloß fühlte keine Seele das Wahre der Kunst, lediglich die Gräfin und ihre zwei Töchter schienen von Zeit zu Zeit tiefer zu empfinden, obwohl er nicht sicher war, da er zuwenig Gelegenheit hatte, sie anders kennenzulernen, als sie sich gaben.
So freute er sich, als endlich der Sturm in die Ebene stürzte und mit wütendem Gebrüll durch die Parkbäume raste, die letzten Blätter fortriß, den Regen mitbrachte, der nun tagelang auf die Dächer prasselte, an den Fensterscheiben herablief, Wege und Pfade aufweichte. Und nach dem Regen fraß sich sofort der Frost in die Erde, Schnee fiel, erst zögernd, dann schneller und reichlicher.

Die Grafenfamilie ließ packen.
Am Tage des Abschieds stand das Gesinde im verschneiten Hof. Manche Kinder hatten keine Strümpfe an, aber alle trugen weiße Tücher in den Händen, mit denen sie winkten, winken mußten; denn es schien ein Bestandteil der Schloßordnung zu sein, die der Hofrichter – bekleidet mit festen Stiefeln und dickem Pelz – zu kontrollieren hatte.
Schubert reiste einen Tag später dem Grafen nach – mit der Postkutsche.
Immerhin hatte ihm der kaiserlich-königliche Kämmerer Johann Karl von Esterhazy, eben der Graf, versprochen, daß er auch den Winter über in Wien die beiden Komtessen einmal in der Woche für zwei Gulden unterrichten dürfte.
Und nun war er wieder in der Hauptstadt. Aber er ging nicht hinaus zum Himmelpfortgrund, sondern in die Wipplingerstraße, wo Mayrhofer wohnte.
»Kann ich bei dir bleiben?« fragte er.
»Wenn du mir eine Freude machen willst, Franzl, gern.« Die Witwe Sanssouci, Inhaberin der Wohnung und zu deutsch: Ohne Sorge – hatte nichts dawider, im Gegenteil, sie besaß außer ihrem Tabakladen im Haus noch Interesse für Musik und konnte sich keinen besseren Mieter als Franz Schubert wünschen.
Das Zimmer war recht einfach, dunkel und eng, die Decke tief und grau.
In diesem Raum hatte einst Theodor Körner gewohnt.
Mayrhofer, dessen Gedichte Schubert vertont hatte, sagte: »Franzl, seit du da bist, schreib ich wieder.«
»Hast aufgehört gehabt? Mir war's nicht bekannt, Johann.«
»Mir gefielen meine Gedichte nicht mehr, Franzl. Aber jetzt, wo du sie in Musik setzt, da gefallen sie mir wieder, ja, sie werden durch deine Musik erst zu richtigen Liedern.«
»Schmeichler.«
»Nein, ich mein's wahr.«

»Na gut, dann hör. Johann, mir geht's umgedreht: Daß es gute Lieder werden, liegt nur daran, weil's gute Gedichte sind.«
Sie lachten und pafften aus ihren Pfeifen; seit Franz bei der Witwe mit dem Tabakladen wohnte, rauchte er.
Als der Tag kam, an dem die einjährige Beurlaubung vom Schuldienst ablief, ging Franz zu seinem Vater.
»Du Herumtreiber, hast dich ausgetummelt?« sagte der Schulmeister und lächelte dabei. Nein, er hatte es nicht böse gemeint, es sollte vielmehr ein Spaß sein, mit dem er seinen Sohn empfangen hatte.
»Ich möcht ...« Der Vater unterbrach: »Brauchst nicht erst zu reden, Franzl, ich hab schon vorgesorgt.« Franz Theodor Florian überreichte ihm ein Blatt Papier.
Schubert las flüchtig: »... Unterzeichneter bittet daher gehorsamst, seinen Sohn Franz Schubert, welcher aus rücksichtswürdigen Ursachen zur Ausbildung seiner von Sachkennern anerkannten Kunsttalente seit einem Jahre den Schuldienst mit Erlaubnis unterbrach, neuerdings als 6. Gehilfen an seiner Schule in Gnaden zu bestätigen ...«
»Nein, Herr Vater.« Franz reichte das Blatt zurück.
»Und warum bist du ins Haus gekommen?«
»Ich wollt Ihnen sagen, Herr Vater, daß ich nicht mehr in die Schul zurückkehr. Wegen der Ordnung wollt ich's Ihnen sagen, damit's keine Unannehmlichkeiten gibt.«
»Unannehmlichkeiten! Ordnung! Willst weiter herumzigeunern?«
Franz schwieg.
»Und wer zahlt dir's Brot?«
»Ich hab ein paar Freunde, Herr Vater, die mich verstehen und die mir helfen, wenn ich's vor Herrn Vater so sagen darf.«
Der Schulmeister ging bis zum Fenster, riß die Flügel auf und atmete tief. Er drehte sich um, starrte auf Franz, hielt ihm das beschriebene Blatt vors Gesicht, das Gesuch, zerriß es in vier Teile. Während die Fetzen auf die Dielen flatterten, sagte er: »Gut!« Danach verließ er das Zimmer und schlug die Tür krachend zu.
Auch Franz ging.

Im Flur des Hauses »Zum schwarzen Rössel« hörte er seinen Vater in der Klasse brüllen: »C – wie Cäcilia – C –ä –ciiilia!«
Unter der Akazie stand ein Spielmann.

Er kam leise und lächelnd und in Schwarz, wie ein Totengräber

Im Jahre 1821 wurde der Steuerbeamte Spaun von Wien nach Linz versetzt. Man feierte den Abschied, und Schubert, den es am meisten berührte, weil er Spaun viel zu danken hatte und ihn vom Konvikt her noch kannte, litt unter seinem Fortgang. Schließlich war es immer Spaun gewesen, der sich um die geschäftlichen Dinge gekümmert hatte, von denen Schubert weder etwas verstand noch etwas wissen wollte. Und wenn der größere Erfolg ausgeblieben war, so trug Spaun keine Schuld.

Es gab aber noch einen, der aus dem Schubertkreis ausscheiden mußte: Michael Senn, der Tiroler. Sie sahen ihn selten; denn er kam selten, hatte wenig Zeit für musische Zusammenkünfte, obgleich er Musik und vor allem Poesie liebte. Schubert hatte zwei seiner Gedichte vertont.

Als sie Senn eines Abends in seiner Wohnung aufsuchten, stand er mitten im Zimmer und schrie ihnen mit verstellter Stimme entgegen: »Ich werd den Jakobinerstolz aus euch herausprügeln, Studenten!«

»Aber Michl«, wunderte sich Schubert.

»Was soll das Gebrüll?« fragte sich Schober. Auch die anderen Freunde blieben an der Tür stehen und schüttelten die Köpfe. Mayrhofer lachte.

»Freunde, ich zitierte nur den Herrn Polizeichef von Wien«, sagte Senn, »den allergnädigsten Herrn Sedlnitzky. Und wenn ihr euch gesetzt habt, spiel ich den Kaiser.«

»Du bist noch genauso rebellisch wie damals im Konvikt, wo sie dich rausgeworfen haben wegen der Karzergeschichte mit den Stiefeln«, meinte Schubert.

Schober, der um sein Institut bangte, sagte vorsichtig: »Michl, wenn du jetzt gar den Kaiser nachahmst, bitt ich dich, mach's leis, ganz leis, möcht keine Scherereien, verstehst. Du magst ja mit deiner Sach recht haben, und den Metternich ehr ich erst, wenn man ihn wird begraben, aber ich sag mir halt, lieber ein bißl feig dahinleben als gar nicht, verstehst, also sprich leis, Michl!«

»Ganz leis«, hauchte Senn und trat vor die Freunde, die auf einer hölzernen Eckbank saßen und lauschten, schmunzelten und die Köpfe einzogen. »Verlaßt's euch drauf, ich werd leis sein, so leis wie Seine Majestät, wenn er durch die Wirtshäuser schleicht, in seinem alten Kaputrock. Und nun präpariert euch, ihr seid's jetzt des Kaisers Dozenten am Laibacher Lyzeum. Also bleibt brav sitzen, schaut's ein bißl blöd, ich geh und komm als Kaiser Franz wieder.«

Er verschwand.

Auf dem Flur klirrte ein Eimer.

Unter den Fenstern ratterte eine Kutsche vorbei.

Plötzlich trat Senn wieder ein. Als Kaiser. In eine große braune Decke gewickelt und einen blauen Kochtopf auf dem Kopf, mit einem Besen herumfuchtelnd, sagte er: »Dozenten von Laibach, hört's zu. Ich brauche kane Gelehrten, sondern brave Bürger. Die Jugend zu solchen zu bilden, liegt Ihnen ob. Wer mir dient, muß lehren, was ich befehle.«

»Das machen's ja zur Genüge«, unterbrach Schober.

»Wer das nicht kann«, brummte Senn mit tiefer kaiserlicher Stimme, »wer mir mit neuen Ideen kommt – wo ich selber schon keine hab –, der kann gehen, oder ich werde ihn entfernen. Am liebsten sein mir die Dichter, welche nicht dichten, und die Maler, welche nicht malen.«

»Und die Musiker, Majestät?« rief Schubert lachend dazwischen.

»Ja, die Musiker, Dozenten, die Musiker, jaja, hinter deren Bübereien ist schwer zu kommen. Was heißt das schon: Wer reitet so spät durch Nacht und Wind? Der Erlkönig? Dozenten! Ich kenne keinen Erlkönig, aber ich kenn die Jakobiner, und die können reiten! Wenn's den Rossini nicht gäb, möcht ich die ganze Musik verbieten.«

Die Freunde klatschten in die Hände, bogen sich vor Lachen, stießen sich an und fuhren erschreckt zusammen, als es plötzlich klopfte. Senn riß die Decke vom Leib, warf sie in einen Winkel, den Kochtopf dazu und begann mit dem Besen die Stube zu fegen.
Fünf Polizisten stürmten herein.
»Sie sind der Senn, Michael, Tiroler?«
»Ja, der bin ich! Und Sie sind's gnädige Kommando von Herrn Sedlnitzky?«
Sie ließen ihn unbeachtet stehen, durchwühlten einen Schrank, einen Tischkasten, einen Koffer. Danach rissen sie Bücher vom Regal, durchblätterten sie, schüttelten die Bücher, aber nichts, auch kein Zettel, fiel heraus.
»Verhaftet im Namen Seiner Majestät!« sagte ein Polizist zu Senn.

»Da hört sich aber alles auf!« schrie Schober, gerade er, der vor Minuten noch geglaubt hatte, feige sein zu dürfen.
»Schmeißt's doch die Kerle hinaus!« schrie ein anderer.
Und Schubert brüllte wütend: »Ja, sein mir denn in einem Gefängnis? Was seid's ihr Polizisten nur für nichtsnutzige Kerle!«
»Im Wiener Gefängnis, Franzl«, schrie Senn. »Aber ich hab keine Angst und scher mich einen Teufel um die Metternichschen. Mich kriegt ihr nicht, dazu seid's viel zu dumm, zu dumm, hört's ihr's! Und gefunden habt ihr auch nichts, gar nichts, also laßt mich aus von der Verhafterei!« Es dauerte geraume Zeit, bis die Polizeileute über den Tumult Herr wurden. Sie schleppten Senn zu ihrem Fiaker, während zwei Beamte zurückblieben und die Namen der anderen notierten.
Michael Senn wurde zu vierzehn Monaten Gefängnis verurteilt, weil er einer illegalen Studentenvereinigung angehört und die Polizei im Tagebuch eines anderen Freundes den Satz gefunden hatte: »Senn ist der einzige Mensch, den ich fähig halte, für eine Idee zu sterben.«
Auch Franz Schubert, dem es nicht gegeben war, wie Senn zu kämpfen, der lieber duldete als sich auflehnte, hatte sich an diesem Abend offen und mutig auf Michaels Seite gestellt. So geschah es, daß ihm wegen »Beleidigung von Amtspersonen« eine schwere Rüge erteilt und ihm gleichzeitig von der Metternichschen Polizei bescheinigt wurde, er wäre ein »grobes Subjekt«.
Schubert sah Michael Senn nie wieder, doch vergaß er ihn nicht. Außer zwei Liedern, die er für ihn vertont hatte, kannte er eins, das ihm Senn im Kovikt geschenkt hatte:

Adler, Tiroler Adler!
Warum bist du so rot?
Vom roten Sonnenscheine,
vom roten Feuerweine,
vom Feindesblut rot,
davon bin ich so rot![1]

[1] (letzte Strophe)

Spaun und Senn, später noch andere, waren aus dem Schubertkreis ausgeschieden. Aber neue Freunde stießen zu ihm. Das waren Maler, Musiker und Poeten. Sie trafen sich im Hinterzimmer des Gasthofes »Zur ungarischen Krone«. Die Poeten lasen ihre Werke, die Musiker spielten ihre Melodien, die Maler brachten ihre neuesten Skizzen und Bilder mit. Man stritt sich, man trank, und man hielt darauf, daß nur Menschen in den Kreis aufgenommen wurden, die etwas beizutragen hatten, schöpferisch tätig waren. Dafür gab es eine Redensart, die Franz Schubert einen Spitznamen beibrachte; denn er war es, der seinen Tischnachbar über den Neuling ausfragte: »Kann er was?« Und der Spitzname lautete: »Kanevas«. Zudem hatten die Freunde eine recht originelle Kasse, die ihnen verfügbar war, wenn sie einen Ausflug in eins der Dörfer machen wollten. Das Geld dieser Kasse bestand nicht aus Mitgliedsbeiträgen, sondern aus Pfandgroschen, die derjenige zu zahlen hatte, der sich am Abend ihrer Zusammenkünfte versprach.
Zu diesem Kreis gehörten der junge Dichter Grillparzer und der noch jüngere Maler Moritz von Schwind, ein Jüngling, mit dem sich Schubert besonders gut verstand. Ihre Wege ähnelten sich, auch Schwind erhielt keine Aufträge, da er ebenso unbekannt war wie Schubert. Für einen Händler malte er bunte Bilderbogen und Neujahrskarten, ein Gewerbe, bei dem nichts zu verdienen war; für Schubert aber zog er, wenn es an Notenpapier mangelte, Linien und Linien, ohne zu murren, ohne zu schimpfen.
Der Sänger Vogl hatte indessen viele der Lieder Schuberts gründlich einstudiert und gesungen, jedoch meist nur in den Häusern wohlhabender Bürger.
Zu diesen Bürgern gehörte ein Mann, Joseph Sonnleithner, der dem Kärntnertortheater nahestand. Sonnleithner hatte eine »Gesellschaft für adelige Damen zur Beförderung des Guten und Nützlichen« gegründet, die jedes Jahr am Aschermittwoch in dem »kaiserlich-königlichen Hoftheater nächst dem Kärntnertore mit hoher Bewilligung eine große musikalische Akademie« gab. In diesem Jahr setzte er drei

Schubert-Lieder auf das Programm, das ingesamt sechzehn Nummern hatte.
Schubert, den die Vorfreude auf dieses Ereignis völlig durcheinanderbrachte, lehnte es ab, den Sänger Vogl selbst am Flügel zu begleiten, obwohl er ein ausgzeichneter Pianist war.
»Das können wir nicht zulassen«, protestierte der Hofopernsänger. »Es ist üblich, daß der Komponist am Flügel sitzt. Die Leute sind's gewohnt, Schubert!«
»Und es ist auch wegen der Ehr für die Leut«, meinte Anselm Hüttenbrenner, ein Freund Schuberts.
Und Schober warf ein: »Bedenk, Franzl, es ist das erste große Konzert in der Öffentlichkeit, da mußt dich schon selber vor den Gästen produzieren. 's ist halt Tradition.«
Schubert hingegen war nicht zu bewegen. »Ich kann's nicht vor so viel Menschen, weil ich dann's Zittern krieg. Und was die Ehr anbelangt, so geb ich sie gern dem Anselm und Herrn Vogl. Der Anselm spielt übrigens so gut wie ich.« Und eine Weile darauf meinte er halblaut: »Ich werd die Notenblätter umschlagen.«
Ein paar Tage vor dem Konzert lief Franz hinaus zum Himmelpfortgrund, nicht um das Haus seines Vaters aufzusuchen, sondern die Werkstatt des Tischlergesellen.
»Ich bring dir eine Freikarte, Joseph, für eine große musikalische Akademie.«
»Für was für ein Ding, Franzl?« Der Tischlergeselle blickte ungläubig.
»Na, fürs Konzert! Zum ersten Mal werden von mir drei Liedl in der Öffentlichkeit gesungen, Joseph. Und da müssen Sie dabeisein.«
»Und wo?«
Schubert sagte es. Er erzählte, daß er drei Freikarten bekommen hätte, eine für ihn, eine für Ferdinand, eine für Schwind.
»Da dank ich schön, Franzl, und ich dank vor allem, daß du grad an mich gedacht hast, wo du doch jetzt unten in der Stadt wohnst und so, aber nein, kommen kann ich da nicht.«
»Das würd mich ärgern, Joseph.«

»Ein Holzwurm im Hoftheater, so unter Grafen und Barone, nein, geh, Franzl, ich hab nicht mal einen Frack.«
»Den borgst dir aus, Joseph, ich sprech mit meinem Bruder Karl.«
Der Tischlergeselle las die Eintrittskarte. »Nummero dreiundachtzig. Und wer hat die zwei- und die vierundachtzig? Vielleicht der Fürst von Schwarzenberg?«
»Und wenn's so wär, Joseph, was macht's, lächelst ein bißl, nur schön lächeln, nicken, dankschön sagen, bittschön flüstern und dann immer ›Hab die Ehre‹, ›Hab die Ehre‹, und du wirst sehen, am End halten sie dich selber für so einen Grafen.«
»Ein Holzwurm im Theater!« Der Tischlergeselle trat verlegen von einem Bein aufs andere.
Obwohl das Konzert ausverkauft war, gab es einige leere Plätze, die nach der Ouvertüre von Türschließern und anderem Theaterpersonal besetzt werden durften. Franz saß auf einem Stuhl, verdeckt von einer Kulisse, auf die Bäume gemalt waren. Schob er den Kopf ein wenig heraus, sah er den düsteren Zuschauerraum, die hellen Gesichter und die Stielgläser. An den Hälsen der Damen leuchtete Schmuck.
Der Beifall nach der Ouvertüre war kühl und zurückhaltend. Man hatte den Eindruck, die Leute wären noch nicht richtig da; sie rutschten unruhig auf ihren Sesseln herum und mußten sich erst an die Musik gewöhnen. Eine Arie wurde gesungen, und ein Ballett tanzte, und eine der Tänzerinnen war die elfjährige Fanny Elßler[1]. Hier war der Beifall schon etwas wärmer. Franz dachte, wenn sie bei mir so applaudieren, bin ich zufrieden.
Und dann erklang plötzlich, ja, Schubert erschrak, sein Lied »Das Dörfchen«. Die Melodie wehte so schön, so bunt und frisch durch den Raum, als wäre sie ein Gruß vom Himmelpfortgrund. »Das Dörfchen« war mit einemmal mitten in der Stadt, mit seinen Linden und Eichen, Kindern und Brunnen, Waschfrauen und Spielmännern.
Der Beifall des Publikums dröhnte so mächtig, daß Franz errötete

[1] 1810–1884, größte österreichische Ballett-Tänzerin

und am liebsten weggelaufen wäre, irgendwohin, vor Glück, vor Freude. Insgeheim wünschte er, der Vater könnte es hören. War Joseph da? Er fand den Tischlergesellen nicht, doch wußte er von Karl, daß er sich den Frack geliehen hatte.
Obschon der Beifall ungewöhnlich erschien, zumindest im Rahmen dieses Konzertes, wurde er noch weit stürmischer, als Michael Vogl den »Erlkönig« vorgetragen hatte. Das Publikum winkte, klatschte, rief ›Da capo‹[1]; wie ein Sturm brauste die Begeisterung zur Bühne hinauf, wo der große Vogl sich verneigte, der kleine Schubert schüchtern neben dem Flügel stand und wie ein Statist die Notenblätter für Hüttenbrenner, der am Instrument saß, umgeblättert hatte. Herr Vogl mußte die Ballade des »Erlkönigs« wiederholen.
Der Applaus erreichte seinen Höhepunkt.
Der Name Schubert wurde gerufen. Die es riefen, waren seine Freunde, Schober, Schwind, Mayrhofer und andere.
Franz stand still hinter dem Flügel, verlegen und roten Gesichtes, und da ihn die meisten nicht kannten, glaubten sie, der Mann, der da die Seiten umgewendet hatte, wäre der unwichtigste auf der Bühne und im Konzert.
Eine Dame sagte: »Wer ist denn nun eigentlich dieser Schubert, daß er sich nicht dem Publikum zeigt?«
Die Dame erhielt keine Antwort.
Das dritte Lied, betitelt »Gesang der Geister über den Wassern«, ein Gedicht von Goethe, berührte die Zuhörer in keiner Weise. Der Beifall blieb aus. Nach dem Konzert spotteten sogar einige Leute, die Geister wären sicherlich gerade unter den Wassern gewesen, und deshalb habe man ihren Gesang nicht richtig verstehen können.
Die Presse lobte »Das Dörfchen« und den »Erlkönig«. Über den Geistergesang allerdings konnte man lesen: »Der Tonsetzer gleicht in solchen Kompositionen einem Großfuhrmann, der achtspännig fährt und bald rechts, bald links lenkt, also ausweicht, dann umkehrt und dieses Spiel immerfort treibt, ohne auf eine Straße zu kommen.«

[1] Noch einmal von Anfang an

Nach diesem Aschermittwoch fragte Sonnleithner: »Warum haben Sie die Lieder noch keinem Verlag angeboten, Schubert?«
»Angeboten schon«, antwortete Franz, »wie ein Salamihändler bin ich herumgezogen. Keiner mocht's, nicht mal umsonst, was einem Salamimann bestimmt noch nicht passiert ist.«
»Verlassen's sich drauf, ich nehm's in die Hand«, versprach Sonnleithner.
Obwohl der Name Schubert nach diesem und einigen anderen Konzerten jetzt oft genannt wurde, schien es, als hätten die Verleger taube Ohren und wären nicht geneigt, Werke des jungen Komponisten zu drucken. Sonnleithner ging selbst mit dem »Erlkönig« zu den Verlegern Haslinger und Diabelli.
»Entschuldigen Sie«, sagte der Verleger, »der Tonsetzer ist uns nicht geläufig. Und überhaupt, schauen Sie sich mal die Klavierstimme an. Wer soll so etwas Schweres spielen?«
»Dann biete ich es ohne Honorar«, sagte Sonnleithner.
»Das Risiko können wir trotzdem nicht eingehen.«
Sonnleithner überlegte blitzschnell. »Sie sagten Risiko?«
»Ganz recht, mein Herr, Risiko.«
»Und wenn ich es übernehme?«
Der Händler lächelte zufrieden. »Das steht bei Ihnen. Wir würden uns freuen, mein Herr, den schönen Auftrag ausführen zu dürfen.«
»Gut, dann laß ich den ›Erlkönig‹ auf meine Kosten stechen.«
»Wir danken verbindlichst, wir danken.«
»Und Sie würden den Verkauf in Kommission übernehmen?«
»Außerordentlich gern, mein Herr, unsere Gewinnbeteiligung wäre dann – einen Moment bitte«, er rannte durch eine Tür, die Uhr im Laden tickte, er kam wieder und sagte fröhlich: »Unsere Gewinnbeteiligung betrüge dann nur fünfzig Prozent.«
Nur, dachte Sonnleithner, kein Risiko trägt er, aber eine Gewinnbeteiligung von fünfzig Prozent verlangt er.
Wochen später, Sonnleithner hatte Freunde gefunden, welche die Kosten des Druckes mit ihm teilten, veranstaltete er im Gundelhof

abermals ein Konzert. Er begrüßte die Gäste und sagte: »Meine geschätzten Damen und Herren! Herr Hofopernsänger Vogl wird die Güte haben, Ihnen heute erneut den ›Erlkönig‹ unseres lieben Schubert vorzutragen.« Applaus. »Aber, meine sehr geschätzten Herrschaften, heut werden Sie den ›Erlkönig‹ nicht nur hören, sondern sogar mit nach Hause nehmen können.« Abermals Beifall.

Während er das sprach und danach die ersten Töne des Konzerts erklangen, saß im Haus des Herrn Sonnleithner Franz Schubert vor einem Stoß gedruckter Erlkönig-Hefte und signierte eins nach dem anderen mit seinem Namenszug. Dazu hatten ihm die Freunde geraten. Doch nach wenigen Heften meinte er: »Nun ist's aber genug, mir tun die Finger weh. Lieber verhungern als fort und fort meinen Namen kritzeln.«

Der Erfolg des Abends war außergewöhnlich. Einhundert Hefte verkauften die Freunde. Bei Diabelli waren sie innerhalb weniger Tage vergriffen. Der Erlös reichte aus, weitere Lieder auf eigene Kosten drucken zu lassen. Zudem bezahlten Sonnleithner und Hüttenbrenner von dem Gewinn sofort Schuberts Schulden. Neue Hefte erschienen. Die Zeitungen in Wien berichteten: »Der junge Komponist Schubert hat mehrere Lieder der besten Dichter (meistens von Goethe) in Musik gesetzt, welche das tiefste Studium, verbunden mit bewunderswürdiger Genialität, beurkunden und die Augen der gebildeten musikalischen Welt auf sich ziehen ...« Und in einem anderen Artikel hieß es: »Bei Cappi und Diabelli ist soeben erschienen: ›Gretchen am Spinnrad‹ ... von Franz Schubert ... Dem Liedchen müssen wir so viel Originalität und Unnachahmlichkeit zugestehen als Beethovens ›Adelaiden‹ und Mozarts ›Chloen‹ und dessen ›Abendempfindung‹ ...« Wie Beethoven und Mozart?

Dieser Vergleich hatte einen Wert, der weit über die fünfzig Prozent hinausging, mit denen Diabelli beteiligt war. Er und andere Verleger hatten plötzlich keine tauben Ohren mehr. Am schnellsten reagierte der geschäftstüchtige Herr Diabelli, bei dem die Liederhefte, es waren inzwischen zehn, in Kommission verkauft wurden. Seine Rech-

nung war einfach: Warum soll ich mich mit fünfzig Prozent begnügen, wenn ich jetzt hundert haben kann?
Schubert saß in seinem Zimmer in der Wiplingerstraße; er saß am Tisch, komponierte, und er hatte nicht einmal ein eigenes Klavier. Sosehr ihn die Erfolge freuten – sie machten ihn nicht schwindelig. Franz wußte, was seine Werke wert waren, denn sie enthielten ein Stück seines Lebens, in ihnen war die Freude und die Bitternis eingefangen, die Trauer und die Hoffnung, das Glück und das Unglück, die Verzweiflung und der Glaube. Fleiß, unendlicher Fleiß und Geduld hatten sie geformt.
Ein Mann trat in sein ärmliches Zimmer, ein schwarzgekleideter Herr. Er kam leise und lächelnd und hatte etwas an sich, das einem Erbschaftsbeamten oder Totengräber ähnelte. Während Schubert schrieb und mit den Fingern auf der nackten Tischplatte den Takt schlug, schätzte der Fremde mit flinken Blicken den Wert des Zimmers: zwei Stühle, eine Holzbank, ein wurmstichiger Schrank, ein Kleiderständer, ein Tisch, macht zusammen achtzehn Gulden, höchstens zwanzig. Der Fremde hustete verhalten, er hustete höflich und nicht so, wie man in Zimmern, deren Einrichtungswert um zwanzig Gulden liegt, sonst hustet.
Schubert wandte sich um.
»Pardon, Meister, ich erlaubte mir, ungebeten bei Ihnen einzutreten«, sagte der Mann und wagte einen Schritt in die Stube. Den Zylinder hielt er mit spitzen Fingern in der Hand. Das weiße Seidenfutter glänzte.
»Und womit kann ich Ihnen dienen?« fragte Schubert und bot dem Herrn einen Stuhl an.
»Zu gnädigst, ich heiße Magerle«, sagte der Fremde und setzte sich auf die vorderste Kante des Holzstuhls, der knarrend antwortete. Nun sah sich der Mann ein zweites Mal in der Stube um und meinte: »Schön haben Sie's hier, Meister, wunderschön, einfach, schlicht, bescheiden.«
»Hm«, machte Schubert mißtrauisch.

»Mich schickt, wenn Sie erlauben, das Verlagshaus Diabelli zu Ihnen.«
»Ach so«, machte Schubert uninteressiert und gedankenverloren, stutzte plötzlich einen Moment und dachte: Nanu?
»Wenn Sie es nicht als unhöflich empfinden, Meister«, sagte Herr Magerle und blickte auf die weißen Dielen, »würde ich mir erlauben, mein Anliegen direkt und ohne Umschweife und ohne vorherige anderweitige Konversation vorzubringen, selbstverständlich nicht, ohne mich zuvor, im Auftrage meiner geschätzten Firma, die Sie übrigens herzlich grüßen läßt und auf eine engere Zusammenarbeit mit Ihnen hofft, nach Ihrem Wohlbefinden erkundigt zu haben.« Herr Magerle holte tief Luft; denn der lange Satz hatte alles von ihm gefordert, und er beglückwünschte sich selbst, weil er sich nicht verheddert hatte. Nun knöpfte er den obersten Knopf seines schwarzen Rockes auf, spitzte den Mund, küßte seine Finger und sagte feierlich: »Der Verlag würde sich überaus glücklich schätzen, wenn er Ihre zehn meisterhaften Lieder, die bisher auf Ihre eigenen Kosten und Ihr Risiko produziert wurden, in seiner Regie, also auf seine Kosten, Herr Schubert, uneigennützig – wie nun mal unser Verlagsunternehmen immer ist – herausgeben dürfte. Das würde bedeuten«, Herr Magerle stand auf, »Sie hätten nichts mehr an uns zu zahlen, sondern nur noch von uns zu bekommen. Ist das ein Vorschlag, Meister?« Magerle setzte sich wieder.
»Und was zahlt Herr Diabelli?«
Blitzschnell sagte Herr Magerle: »Achthundert Gulden.«
»Achthundert, soso.« Schubert war ratlos. Schubert konnte die Freude nicht verbergen, obwohl er versuchte, es sich nicht anmerken zu lassen. Doch achthundert Gulden? Wer hatte ihm das schon einmal geboten?
»Achthundert Gulden«, wiederholte Magerle und studierte die Wirkung seines Angebotes, ließ seine Augen abermals über Wände und Dielen gleiten. »Ein hübsches Sümmchen für zehn Liedl.« Ja, jetzt sagte er sogar Liedl.

Der schwarzgekleidete Herr rollte ein Blatt auf, legte es Schubert vor.
»Wenn Sie so gütig sein wollten?«
Schubert unterschrieb und sagte: »Und nun müssen's mich entschudigen, ich hab noch zu schaffen.«
»Gewiß, gewiß.« Herr Magerle ging rückwärts zur Tür.
Unbekümmert schrieb der Spielmann vom Himmelpfortgrund weiter. Auf dem Tisch lagen achthundert Gulden. Das war viel Geld, obwohl er nicht wußte, ob es genug war. Er mißtraute zwar den Kunsthändlern, vermochte jedoch nicht ihre Tricks und Schliche zu durchschauen, zumal es ihn anekelte, Kunst und Geld in einem Gedanken zu vereinen.

Das Geld gab er schnell aus. Er gab Geld immer sehr schnell aus, leichtfertig und ohne zu rechnen. Und wenn er es ausgegeben hatte, klagte er nicht, keins mehr zu besitzen. Dabei verbrauchte er es nicht allein. In solchen Tagen zahlte er für jene, die vorher für ihn gezahlt hatten. Freilich waren auch Freunde darunter, die ihn ausplünderten. Doch das ärgerte ihn nicht. Er sagte: »Mich soll der Staat erhalten, ich bin für nichts als das Komponieren auf die Welt gekommen.« Eine Illusion.

Achthundert Gulden.

Als Sonnleithner und Hüttenbrenner von dem Vertrag mit Diabelli erfuhren, schimpften sie. Sie fanden Schuberts Benehmen undankbar; denn sie waren es gewesen, die seine Werke auf ihre Kosten hatten stechen lassen, und nun hatte er ein Geschäft mit dem Kunsthändler abgeschlossen, ohne ihnen ein Wort davon zu sagen, dazu ein Geschäft, das Betrug war. »Mit allen Rechten, Franz«, sagte Sonnleithner. »Das bedeutet, daß du alle Rechte auf diese Lieder verloren hast, daß sie dir nicht mehr gehören, daß du nichts mehr dafür bekommst und nur sie daran verdienen werden, für Jahre, für Jahrzehnte, Franz!«[1]

Schubert schaute versonnen vor sich hin. »Glaubt mir's, wenn ich komponier, denk ich nur an die Melodien und an die Menschen, die ich liebhab.« Und plötzlich schrie er: »Und sonst nichts, gar nichts, versteht ihr das, nein, das versteht ihr nicht!«

»Doch«, antwortete Hüttenbrenner, »aber wir wissen auch, was die Kunsthändler denken: Die denken nämlich nicht an die Melodien, nicht an die Menschen, sondern nur ans Geld.«

»Und da verlangt ihr von mir, daß ich mit diesem Pack feilsche wie ein Fischweib? Ich hab nichts zu verkaufen. Ich müh mich und schaff, geb's denen, von denen ich's hab, den Menschen, die mich umgeben, der Natur, die mich beglückt, und der Preis, der wird nicht heut gezahlt, nicht vom Diabelli und nicht vom Haslinger; denn vom Wert wird man morgen reden oder übermorgen. Meine Musik wird noch erklingen, wenn vom Diabelli nichts übriggeblieben ist als ein

[1] Diabelli verdiente in den folgenden Jahren am Lied »Der Wanderer« allein 27000 Gulden

paar Rechnungen und Quittungen, die ihn als Betrüger ausweisen werden.«
»Trotzdem«, antwortete Hüttenbrenner, »hättest uns die Sach erzählt, wärst nicht so bestohlen worden.«
Schubert stand auf und trat ans Fenster. Der Himmel dunkelte, Blitze erhellten die Gasse, Hagelkörner klapperten auf den Dächern. »Als er gegangen war, der schwarzgekleidete Herr Magerle, dachte ich, ausgesehen hat er wie ein Totengräber.« Schubert sagte das leise und müde. »Verzeiht mir, Sonnleithner und Hüttenbrenner, ich hab euch nicht kränken wollen, als ich's ohne euer Wissen getan hab, und daß sie mir wieder ein Stückl aus der Seel geschnitten haben, weiß ich, ich wußt's schon, als der befrackte Kerl vor mir saß und falsch lächelte.«

So zerteilte mich die Liebe und der Schmerz

Zu dieser Zeit erlebte Wien die Aufführung des »Freischütz« von Carl Maria von Weber. Der Erfolg verführte die Wiener dazu, vorübergehend aus dem Rossini-Taumel in eine Weber-Raserei zu fallen. Schubert, der mit seinen Freunden den »Freischütz« gesehen hatte und ebenso begeistert war, meinte, er müsse auch wieder eine Oper schreiben, es fehle ihm nur noch der Stoff. Schubert hatte schon einige Opern geschrieben, aber der Erfolg war ausgeblieben, nicht so sehr seiner Musik, sondern der mangelhaften Texte wegen. Was den Text zum »Freischütz« anlangte, so erzählte der Zensurbeamte Mayrhofer seinen Freunden, daß die Wiener einen recht verstümmelten und gestutzten »Freischütz« vorgeführt bekommen hätten. »Das war mehr ein ›Unfreischütz‹«, sagte er, »selbst den Samiel, den Teufel, haben wir streichen müssen auf Befehl Seiner Majestät. Und dann die Geschichte mit dem Kugelgießen, die mußten wir auch herausnehmen. Die erinnerte Seine Majestät zu sehr an die Tiroler um Andreas Hofer.«

»Schaff mir einen Text zu einer Oper«, bat Schubert seinen Freund Schober.
»Wie, soll ich dir einen besorgen oder gleich einen selber zurechtdichten, Franzl?«
»Das ist mir schon egal.«
»Dann dicht *ich* ihn, Franzl.« Schober lachte und tat, als sei es die einfachste Sache der Welt.
»Aber dramatisch muß er sein, hörst, dramatisch. Musik und Text müssen miteinander auskommen. Nicht, daß oben eine feine Musik dahinschwebt, und unter ihr machen's lauter ungereimte Langweiligkeiten!«
»Dramatisch, natürlich muß er sehr dramatisch sein, Franzl.«
Schubert sah seinen Freund mißtrauisch an. »Redst mir alles nach, Schober, aber was wirst mir bringen? Vielleicht so eine Geschicht, wo zwei auf der Bühne immer auf und ab gehen, nach dem Mond schaun, sich zweistimmig umarmen und aufs Vogelgezwitscher lauschen? Das ist nicht dramatisch.«
»Nein, das ist nicht dramatisch, Franzl. Wie aber, wenn die zwei auf einen dritten warten?«
»Wie, und der kommt erst im letzten Akt?«
»Ja, man müßte das ausbauen!«
»Aber geh, bis dahin sind uns die Leut alle weggestorben vor Langerweile, Schober!«
»Na, mir wird schon was einfallen, Franzl.« Schober schien zu überlegen, guckte an die gekalkte Decke seiner Wohnung, von der ein paar Gipsengel herabblickten.
»Bring mir keine Engel rein, Schober!«
»Die Leut haben's gern. Aber gut, muß ja nicht sein, Franzl. Dafür schreib ich dir ein paar schöne Solostellen für eine Sängerin. Weißt du, solch eine Sängerin, noch dazu, wenn's eine Berühmtheit ist, reißt manchmal eine ganze Oper raus!«
»Nichts damit, Schober«, schimpfte Schubert, »eine Oper ist nicht dazu da, damit ein oder zwei Sänger ihre Gurgelfertigkeit beweisen.

Auf den Inhalt kommt's an, auf den Inhalt. Daß er gut gesungen werden muß, versteht sich von selbst.«
Schober war ein etwas leichtlebiger Mensch, dem zwar manch gutes Gedicht gelang, der aber mehr zur Oberflächlichkeit als zur geistigen Tiefe neigte. Schon nach wenigen Tagen brachte er Schubert den Text zu seiner Oper »Alfonso und Estrella«. Mit wenig Mühe, aber viel jugendlicher Schwärmerei hatte er ihn hingeschrieben. Schubert war froh, endlich wieder einen Operntext zu haben, und übersah die großen Schwächen dieses toten Machwerkes und versuchte, es durch seine Musik zum Leben zu erwecken. Die Wiener Theater lehnten das Werk ab; denn es war auch dem Komponisten nicht gelungen, die Oper durch seine Musik zu retten.
Inzwischen waren bei Diabelli zwei Hefte mit sechsunddreißig Walzern, Ländlern und Deutschen Tänzen erschienen sowie die vierhändigen Variationen über ein französisches Lied, die Schubert in Zseliz auf dem Schloß des Grafen Esterhazy komponiert hatte. Unter den Titel hatte er die Widmung drucken lassen: »... dem Herrn Ludwig van Beethoven zugeeignet von seinem Verehrer und Bewunderer Franz Schubert. Zehntes Werk.«
Es war üblich, neue Kompositionen angesehenen Fürsten, Grafen und anderen Personen zu widmen, da man sich durch den Aufdruck solcher Zueignungen guten Absatz versprach. Die untertänigen Worte aber entsprangen meist keinem inneren Bedürfnis. Bei Schubert war das anders. Er verehrte und bewunderte Beethoven in einem Maß, das ihn hinderte, sich diesem Heroen zu nähern oder gar mit ihm zu sprechen.
Er war imstande, hinter dem großen Meister herzulaufen, ihn zu beobachten, bissige Worte, die er einem Begleiter zuwarf, aufzufangen und sich darüber zu amüsieren. Und er wußte, in welchen Wirtshäusern sich Beethoven um die Mittagszeit aufhielt. »Wenn Sie ihn unbefangen und fröhlich sehen wollen, so dürfen Sie nur eben jetzt in dem Gasthaus speisen, wohin er alleweil in derselben Absicht gegangen ist«, sagte Schubert, wenn man ihn nach Beethoven fragte.

Beethoven war zwar unbefangen, aber fröhlich, nein, das war wohl Schubertsche Ironie; denn er hatte oft genug am Nachbartisch gesessen und auf jedes Wort gelauert, das der berühmte Mann aus dem Schwarzspanierhaus gesprochen hatte. Schubert kannte die Wutausbrüche und die geballte Faust. Und das schönste war, Beethoven sagte oft, was er selber empfand. »Fidelio?« hatte er ihn einmal brüllen hören. »Den können sie nicht geben und wollen ihn auch nicht hören. Die Symphonien? Dazu haben sie nicht Zeit. Die Konzerte? Da orgelt jeder nur ab, was er selbst gemacht hat. Die Solosachen? Die sind hier längst aus der Mode, und die Mode tut alles.«

Trotzdem wagte Schubert damals nicht, zum Nachbartisch zu gehen und sich vorzustellen.

Doch nun waren die vierhändigen Variationen über ein französisches Lied erschienen mit der Widmung für Ludwig van Beethoven. Schubert, der diesem Werk große Bedeutung beimaß, entschloß sich, das Heft selbst zu dem Meister zu tragen.

Unterwegs stellte er sich vor, wie der Besuch ablaufen würde: Ich läute, werde eingelassen und von Beethovens Sekretär, der mich leise nach Namen und Wunsch fragt, empfangen. Der Sekretär nimmt die Variationen, sagt, ich solle mir überlegen, welche Fragen ich dem Meister zu stellen wünsche. Die Fragen hätte ich in ein Konversationsheft zu schreiben, da Beethoven, wie ich doch wüßte, bereits taub sei und nur noch schriftliche Unterhaltungen führen könne. Beim Eintritt in das Zimmer werde ich die Fragen noch wissen, wenn ich drin bin, nicht mehr. Ich werde dastehen wie ein Schulknabe, der seine Aufgaben dem Lehrer zeigt. Und ich werde wieder verlegen sein, ich bin immer verlegen, sobald ich etwas bewundere. Beethoven wird mich stumm anschauen, vielleicht nur einen Augenblick, aber dieser Augenblick wird mich so durcheinanderbringen, als hätte ich in das Gesicht eines stolzen Löwen geblickt, in das Antlitz eines Titanen, dessen Augen schon das kommende Jahrhundert sehen. Der Sekretär wird ihm mein Heft mit den Variationen reichen. Er wird drin

blättern. Vielleicht findet er eine Stelle, auf die er mit dem Finger zeigt: Das ist harmonisch unrichtig.
Vor Scham werde ich ganz erbärmlich aussehen.
Keine Todsünde, wird er vielleicht sagen.
Und gerade diese Güte wird mich vollends aus der Fassung bringen. Ich werde hinausrennen wie ein Schulknabe, benommen und – in dem Moment war Franz Schubert vor dem Schwarzspanierhaus angekommen.
Mit seiner gedanklichen Flucht war auch der Mut geflogen. Ehrfürchtig blickte er zu den Fenstern. Eine Gardine zitterte.
Franz zog die Glocke.
Der Sekretär erschien.
»Sie wünschen, mein Herr?«
»Einen respektierlichen Gruß von einem Herrn Schubert«, sagte er, »der es nicht wagt, den Meister selbst aufzusuchen, aber sich sehnlich wünscht, daß er sein Werk entgegennehme.«
»Wir danken«, antwortete der Sekretär, nickte, schloß die Tür.
Auf dem Rückweg dachte Schubert: Wie feig ich doch bin, feig und noch einmal feig, am liebsten möcht ich mich ohrfeigen.
Ein Jahr später schrieb Beethovens Neffe in das Konversationsheft des Meisters: »Man lobt den Schubert sehr, man sagt aber, er soll sich verstecken.«
Und Schubert versteckte sich, soweit es Beethoven anbelangte. Er begnügte sich auch ferner damit, diesen Mann im Wirtshaus still zu beobachten oder ihm durchs Paternostergäßl zu folgen, wo die Musikalienhandlung der Firma Steiner lag. In diesem alten Gewölbe, angefüllt mit Noten und Büchern, stand er oft neben Beethoven, ohne daß Beethoven wußte, daß neben ihm Schubert stand.

Dieser Sommer brachte ein Ereignis, das von ihm eine Last nahm, die er unter Qualen und Schmerzen durch die Jahre getragen hatte. Der Vater söhnte sich mit ihm aus, diesmal ohne Vorbehalte, ohne Grenzen und Hintergedanken. Der Grund war nicht allein darin zu su-

chen, daß Schubert in Wien bekannt geworden war und einige seiner Lieder nun in Konzerten gesungen wurden, sondern in den Briefen Spauns, die Franz Theodor Florian Schubert aus Linz erhielt.
»Weißt du«, sagte der Vater, »ich hab so wie du unter dem Zerwürfnis gelitten, Franz, so wie du, aber aus Spauns Briefen habe ich gemerkt, daß er dich verehrt ...«
»– – – Herr Vater, solch Worte ...«
»– – – laß mich ausreden, ich sagte: verehrt! Verehrt aus tiefster Seel, Franzl. Und da hab ich mich als Vater ein bißl geschämt und gedacht, wenn ein für mich Fremder so über meinen Sohn denkt, so für ihn empfindet und mit ihm, wie ich gehört habe, auch andere, dann muß ich, der Vater, mich fragen, woran's gelegen hat, daß ich dich für einen Larifari gehalten habe, der nur ein bißl herumfiedeln und herumzigeunern will. Und so weiß ich, wo die Schuld liegt: Ich hab nur immer deine Zukunft im Aug gehabt, Franzl, das Morgen, für das, was du heut gemacht hast und machst, hab ich mich nie interessiert und wenn, mißtrauisch! Aber der Spaun hat mir in den Briefen alles erzählt, hat mir manchmal die Kopien deiner Liedl geschickt und die Meinungen hochgestellter Persönlichhkeiten geschrieben. Und wenn ich nicht allzu viel davon versteh, sieh, Franzl, die Schuld drückt auch auf mich, dann hab ich doch gemerkt: Leicht hast dir's nicht gemacht, bist immer ernst bei deiner Sach gewesen, und ich hab wohl kein Recht mehr – auch wenn ich's nicht gern seh, Franzl –, dir den Weg zu versperren!«
Tief ergriffen stand Schubert vor seinem Vater. Sie umarmten und küßten sich.
Als die Verlegenheit aus der Stube gewichen war, sagte der Schulmeister: »Bedank dich beim Spaun in Linz, Franzl.«
Schubert versprach es und schickte seinem Freund drei Lieder.
Die Stunden der Versöhnung waren aber auch geeignet, über sich selber nachzudenken, den Weg rückschauend zu betrachten, denn wo ein Punkt gesetzt wird, da ist ein Ende, und wo ein Ende ist, ein neues Beginnen. Die Versöhnung war solch ein Punkt. In das Kleid

einer Traumerzählung gehüllt und mit einem romantischen Schleier verdeckt, schrieb Franz diesen Kampf in der Form eines Gleichnisses nieder:

»Ich war ein Bruder vieler Brüder und Schwestern. Unser Vater und unsere Mutter waren gut. Ich war allen mit tiefer Liebe zugetan. Einstmals führte uns der Vater zu einem Lustgelage. Da waren die Brüder sehr fröhlich. Ich aber war traurig. Da trat mein Vater zu mir und befahl mir, die köstlichen Speisen zu genießen. Ich aber konnte nicht, worüber mein Vater erzürnend mich aus seinem Angesicht verbannte. Ich wandte meine Schritte, und mit einem Herzen voll unendlicher Liebe für die, welche sie verschmähten, wanderte ich in ferne Gegend. Jahrelang fühlte ich den größten Schmerz und die größte Liebe mich zerteilen. Da kam mir die Kunde von meiner Mutter Tode. Ich eilte sie zu sehen, und mein Vater, von Trauer erweicht, hinderte meinen Eintritt nicht. Da sah ich ihre Leiche. Tränen entflossen meinen Augen. Wie die gute alte Vergangenheit, in der wir uns nach der Verstorbenen Meinung auch bewegen sollten, wie sie sich einst, sah ich sie liegen.

Und wir folgten ihrer Leiche in Trauer, und die Bahre versank. Von dieser Zeit an blieb ich wieder zu Hause. Da führte mich mein Vater wie einstmals in seinen Lieblingsgarten. Er fragte mich, ob er mir gefiele. Doch mir war der Garten ganz widrig, und ich getraute mir nichts zu sagen. Da fragte er mich zum zweiten Mal erglühend: Ob mir der Garten gefiele? Ich verneinte es zitternd. Da schlug mich mein Vater, und ich entfloh. Und zum zweitenmal wandte ich meine Schritte, und mit einem Herzen voll unendlicher Liebe für die, welche sie verschmähten, wanderte ich abermals in ferne Gegend. Lieder sang ich nun lange, lange Jahre. Wollte ich in Liebe singen, ward sie mir zum Schmerz. Und wollte ich wieder Schmerz nur singen, ward er mir zur Liebe.

So zerteilte mich die Liebe und der Schmerz.

Und einst bekam ich Kunde von einer frommen Jungfrau, die erst gestorben war. Und ein Kreis sich um ihr Grabmal zog, in dem viele

Jünglinge und Greise auf ewig wie in Seligkeiten wandelten. Sie sprachen leise, die Jungfrau nicht zu wecken.
Himmlische Gedanken schienen immerwährend aus der Jungfrau Grabmal auf die Jünglinge wie leichte Funken zu sprühen, welche sanftes Geräusch erregten. Da sehnte ich mich sehr, auch da zu wandeln. Doch nur ein Wunder, sagten die Leute, führte in diesen Kreis. Ich aber trat langsamen Schritts, innen Andacht und fester Glaube, mit gesenktem Blicke auf das Grabmal zu, und ehe ich es wähnte, war ich in dem Kreis, der einen wunderlichen Ton von sich gab; und ich fühlte die ewige Seligkeit wie in einem Augenblick zusammengedrängt. Auch meinen Vater sah ich versöhnend und liebend. Er schloß mich in seine Arme und weinte. Noch mehr aber ich.

Franz Schubert«

Obwohl er in diesen Sommermonaten an seiner großen Messe in As-Dur arbeitete, von der er sich wünschte, sie werde in der Hofkirche aufgeführt werden, beschäftigte ihn immer wieder diese Traumerzählung, die für ihn kein Traum war, weil er wußte, daß sich hinter dem »Lieblingsgarten« des Vaters die Schule und hinter der »frommen Jungfrau« das Mädchen namens Therese verbarg. Trotz Aussöhnung empfand er seine Niederschrift wie ein Programm für sein Schaffen. *So zerteilte mich die Liebe und der Schmerz!* Daran war nicht allein Vaters Starrsinn und Thereses Heirat mit dem Bäckersohn schuld. Der eine wie die andere waren nur getreuliche Abbilder dieser finsteren Jahre. So dachte es Schubert, und er vergaß in seinem Nachdenken nicht Michael Senn, der sich gegen die Finsternis aufgelehnt hatte, der in einem Kerker lag, hungernd und zerschlagenen Leibes, und der in dieser Finsternis noch vom Licht träumte. Und er vergaß auch nicht seinen Freund Mayrhofer, mit dem er fünf Jahre das Zimmer geteilt hatte, Mayrhofer, dem die Last auferlegt war, Zensurbeamter *und* freiheitsliebender Dichter zu sein. Dieser Zustand wird ihn zerfressen, dachte Franz. Der Mensch, der am Abend in seinen Gedichten die

Freiheit hinausschreit und sie am Tage in seinem Amt aus den Werken streichen muß, wird zugrunde gehen.[1]
Mit diesen Überlegungen ging er durch den Sommer, der sie ausreifte wie die Frucht eines Baumes.
Als der Tag kam, an dem sich seine Gedanken in Musik verwandelten, überfiel ihn ein Schauer: Er hatte die Tragik in Noten gesetzt, die Klage, die Verzweiflung, den Widerstand. Und er hatte h-Moll gewählt, die schwarze Tonart, die Sprache des Todes. Bin ich diesem Ansturm gewachsen? Er schrieb wie im Fieber, komponierte seine Niederschrift: *So zerteilte mich die Liebe und der Schmerz!* Die Liebe! Der Quell des Lebens? Obwohl der Schmerz die dunkelsten Melodien forderte, führte er ihn aus der dunklen Tiefe zur lichtumfluteten Höhe, damit sie ihn alle sehen. Es war ein Kampf zwischen Tragik und mächtigem Aufbegehren in dieser Musik, in deren Mitte er ein liebliches Thema stellte, einfach und schlicht, Wehmut und Sehnsucht verkündend, eine Volksmelodie, die er einem Spielmann abgelauscht hatte und die einem Wiener Gassenhauer entlehnt war. Diese Melodie des Volkes ist wie das Lächeln eines unschuldigen Kindes inmitten der Finsternis und des Schmerzes. Sie siegt über die Verzweiflung und klingt wie eine Hoffnung ohne Ende.
Nachdem Schubert den zweiten Satz dieser achten Sinfonie[2] niedergeschrieben hatte, glaubte er alles gesagt zu haben, was er in Musik auszudrücken vermochte, um seinem Programm gerecht zu werden. Er schrieb zwar noch einige Skizzen zu einem dritten Satz, spürte aber die Fragwürdigkeit solch eines Versuches.[3]
Nach dieser Sinfonie begann für Schubert eine Zeit, die zu den Qualen vergangener Jahre neue fügte. Eine schwere Krankheit zwang ihn in die Einsamkeit. Fern von Wäldern und Wiesen, Dörfern und Menschen lag er in seinem Zimmer, sehnte sich nach Freunden, die ihn zwar hin und wieder an seinem Bett aufsuchten, aber nur wenig hel-

[1] Mayrhofer beging 1836 in Wien Selbstmord
[2] Gemeint ist die »Unvollendete«
[3] Eine Sinfonie hat in der klassischen Form vier Sätze

fen konnten, so wenig wie die Ärzte des Krankenhauses, in dem er später einige Monate zubrachte.
An einen seiner Freunde schrieb er: »... Mit einem Wort, ich fühle mich als den unglücklichsten, elendsten Menschen auf der Welt. Denk Dir einen Menschen, dessen Gesundheit nie mehr richtig werden will und der aus Verzweiflung darüber die Sache immer schlechter statt besser macht, denke Dir einen Menschen, sage ich, dessen glänzendste Hoffnungen zunichte geworden sind, dem das Glück der Liebe und Freundschaften nichts bietet als höchstens Schmerz ... ›Mein Ruh ist hin, mein Herz ist schwer, ich finde sie nimmer und nimmermehr‹, so kann ich wohl jetzt alle Tage singen, denn jede Nacht, wenn ich schlafen geh, hoff ich nicht mehr zu erwachen ...«

Inzwischen hatte Schubert mit dem Verleger Diabelli gebrochen und sich anderen Kunsthändlern zugewandt. Einer dieser Herren besuchte ihn sogar am Krankenbett, nicht aus Mitgefühl, sondern weil er erfahren hatte, daß Schubert an einem großen Liederzyklus arbeitete. Der Herr brachte außer einem lang andauernden Lächeln zehn rote Rosen mit und sagte: »Wir hörten, der Meister wäre in Geldnot, könne sich nicht die Medizin kaufen, die er benötige?«
Schubert schwieg und starrte an die dunkle Decke, auf einen großen schwarzen Fleck, den das Regenwasser gezeichnet hatte.
»Ich bring Ihnen einen Vorschuß«, sagte der Mann.
»Vorschuß?« Schubert hob den Kopf. »Worauf einen Vorschuß?«
»Nun, der Meister wird wieder genesen, und nachher wird er wieder Lieder komponieren, die wir sofort abnehmen. Und darauf zahlen wir Vorschuß.«
»Und wenn ich sterbe?«
»Aber Meister, so jung stirbt man nicht!« Er zählte auf den neben dem Bett stehenden Stuhl einige Gulden. »Bitte!« Und baldige Genesung, Meister.«
Als er gegangen war, sann Schubert nach, was es mit dem Vorschuß auf sich haben könnte. Sie wissen doch nichts von den Müller-Lie-

dern, die ich gleich fertig hab? Und trotzdem bringen sie mir Vorschuß ins Haus?
Ein paar Tage darauf kam der Herr wieder. Er brachte diesmal nur drei rote Rosen mit. »Nun, wie ist Ihr Befinden, Herr Schubert?«
Grimmig und mißtrauisch sagte Franz: »Ihren Rosen nach zu urteilen, geht es mit mir abwärts. Vor Tagen war ich Ihnen zehn wert, heut nur noch drei.«
»Das liegt an Herrn Rossini, Meister. Seine Verehrerinnen verbrauchen zuviel Rosen, Herr Schubert. Und deshalb erhielt ich nur drei Stück. Dafür ist der Vorschuß, den ich Ihnen bringe, so hoch wie das letzte Mal, Meister.« Und wieder zählte er die Gulden auf den Stuhl.
Schubert war schockiert. Er kannte sich in diesem Mann nicht aus, zudem war er viel zu sehr mit seinem Liederzyklus beschäftigt, als daß er hätte gründlicher über das Verhalten des Händlers nachdenken können.
Nach seiner Genesung trug Schubert den bunten Strauß der Müller-Lieder zu diesem Verleger. Man empfing ihn mit kühler Höflichkeit und vorgetäuschter Freude über seine Genesung. Man nahm die Lie-

der, legte ein paar Geldstücke auf den Ladentisch. »Der Zyklus ist abgeschlossen, meine Herren«, sagte Schubert verwundert, »und Sie zahlen mir wieder nur einen Vorschuß, sicher ein Irrtum?«
»Hier irrt der Meister«, antwortete einer der Männer. »Es ist der Rest, den Sie von uns zu bekommen haben.«
»Der Rest?«
»Der Rest, Herr Schubert!« Sie sagten es lächelnd, wenn auch in ihren Augen die Macht glitzerte.
Von Zorn geschüttelt, schrie Schubert: »Dann nehm ich die Lieder wieder mit, ich bring sie allemal anderswo unter, die warten schon darauf, die warten, hören Sie das, die warten auf meine Lieder!«
»Aber Herr Schubert, Sie sollten sich nicht so aufregen nach Ihrer Krankheit. Selbstverständlich können Sie die Lieder zurück haben, selbstverständlich, vorausgesetzt, Sie zahlen uns den Vorschuß zurück. Das verstehen Sie doch, nicht wahr, Herr Schubert?«
Er senkte beschämt den Kopf. So war die Sache mit dem Vorschuß geplant gewesen, dachte er. Sonderbar, ich kann nie so schlecht denken, wie sie vorhaben zu handeln.
»Sofort?« fragte er halblaut. Schubert hatte keinen Gulden in der Tasche, und er hatte schon seit Wochen von Brotsuppe gelebt, früh, mittags und abends Brotsuppe, Brot in Wasser gebrockt und ein bißchen Kümmel und Salz dazu.
»Sofort!« sagte ein Herr. »Es ist das Geld unserer Musikalienhandlung, Herr Schubert, das wir Ihnen geliehen haben. Allerdings, wir kommen Ihnen gern entgegen: Sollten Sie den Wunsch haben, es noch länger in Anspruch zu nehmen, dieses Darlehnen, müßten wir uns auf einen Zinssatz einigen.«
Schweigend nahm er die Gulden, schweigend schob er die Hefte mit den Liedern zu ihnen hinüber, und schweigend verließ er den Laden.
Das Schicksal war ihm gnädig gesinnt; er mußte nicht mehr erfahren, daß sich der Verleger vom Gewinn der Müller-Lieder ein wohleingerichtetes Haus gekauft hatte.

Außer einem erneuten Aufenthalt im Schloß des Grafen Esterhazy in Ungarn und einigen Reisen durch Oberösterreich, die er mit dem Sänger Vogl unternahm, der immer noch in Bürgerhäusern seine Lieder sang, gab es nichts, was ihn erfreuen konnte.

Er hatte wieder eine Oper vertont, einen Lysistrata-Stoff, in dem die Frauen einen Proteststreik gegen ihre kriegslüsternen Männer beschlossen. Um dem romantischen Geschmack der Zeit gerecht zu werden, spielte die Oper unter den Rittern des Mittelalters. Ihr Titel lautete: »Die Verschworenen.« Die Zensur fand ihn »staatsgefährlich«, und so mußte er ihn abändern in »Der häusliche Krieg«. Trotzdem wurde der Einakter von der Hofoper abgelehnt.

Er hatte auch wieder an Goethe nach Weimar geschrieben, diesmal selber und einen kurzen Brief. Und wieder legte er Lieder bei. Und wieder kam keine Antwort.

Er hatte sich, um der Geldnot Herr zu werden, um die Stelle des zweiten Hofkapellmeisters beworben; denn Salieri war gestorben und der zweite Kapellmeister an seine Stelle gerückt. Der Mann hieß Joseph Eybler.

Als Schubert zu ihm kam und seine Messe in As-Dur vorlegte, auf die er solch große Hoffnungen gesetzt hatte, meinte der neue Hofkapellmeister: »Schubert? Nie gehört! Sind Sie Wiener oder zugereist?«

»Ich bin am Himmelpfortgrund geboren, Herr Hofkapellmeister«, antwortete Schubert und unterdrückte die Wut. Ich bilde mir gewiß nicht viel ein, dachte er, aber ich hätte doch geglaubt, daß der Hofkapellmeister von Wien schon etwas von mir gehört hat.

»Nun«, sagte Eybler, »ich will, sobald ich Zeit finde, die Messe durchsehen.«

Als Schubert nach Wochen wieder zu dem Mann ins Zimmer trat und sich nach seiner Messe erkundigte, meinte der Hofkapellmeister: »Schubert, die Messe ist gut, ausgezeichnet, sehr gut ...«

»– – – dann werde ich die Stelle erhalten, in Gnaden erhalten?«

»Nein, das glaub ich nicht, Schubert. Obwohl mir die Messe sehr gefallen hat, muß ich Ihnen sagen, daß sie nicht in dem Stil komponiert ist, den Seine Majestät der Kaiser liebt.«
Schubert verließ schweigend den Raum. Ich bin nicht so glücklich, dachte er, im kaiserlichen Stil schreiben zu können.
Draußen wartete sein Freund Lachner auf ihn. »Wie ist's ausgegangen, Franzl?«
»Wie's immer ausgeht bei mir. Zu den Krämerseelen kommen jetzt noch die Leut, die von einem verlangen, daß man im kaiserlichen Stil dichten möcht.«
»Laß dich nicht irr machen, Franz.«
»Manchmal bin ich's schon. 's gibt Stunden, wo ich alles zusammenrechne, verstehst, ich mach einen Strich, und ich addier's schön, und heraus kommt nichts, gar nichts: Außer meiner ersten Messe ist keine der anderen aufgeführt worden, mit den Sinfonien ist's noch schlimmer, keiner mag sie, keiner spielt sie, und die Quartette und Trios, den Klavierkram und so, na ja, ein paar wurden gedruckt, aber ich hör nichts mehr davon, höchstens daß sie zu schwer wären. Und meine Liedl? 's müssen bald über fünfhundert sein, die ich gemacht hab; aber bekannt geworden sind davon nur wenige, während die andern in meiner Kammer liegen und verstauben. Von den Opern möcht ich nicht reden. Also – und da soll ich nicht irr werden?«
Sie traten in ein Wirtshaus und tranken ein Glas Punsch.
»Manchmal möcht ich aufbrüllen, Lachner, ihnen allen was ins Gesicht schreien, diesen Dummköpfen, aber dann ...«
In diesem Moment erschien eine Schar Musiker in der Gaststätte, Musiker aus der Hofoper. Sie entdeckten Schubert, grüßten ihn freundlich, dienerten und schwänzelten untertänig um seinen Tisch herum. Alle Leute staunten; denn man hörte nur immer wieder das Wort: »Meister!« – »Meister!« – »Ach, der Meister persönlich!«
Die Musiker bedrängten ihn.
Der eine sagte: »Könnten's für mich, Meister, nicht ein Solo schreiben, für meine Flöte?«

»Und eins für meine Oboe, Meister?«
Und ein dritter: »Wenn's mir ein Solo für mein Waldhorn schaffen möchten, ich wär glücklich.«
»Nein«, sagte Schubert knurrig, »für euch vom Theater schreib ich gar nichts mehr, nichts.«
»Für uns nichts mehr?«
»Nein.«
»Und warum nicht?« Ein großer starker Mann schob sich nach vorn, lehnte seine Baßgeige an die Wand und meinte vorwurfsvoll: »Ich denk, wir sind Künstler so gut wie Sie. Man kennt in ganz Wien keine besseren.«
»Künstler?« schrie Schubert und trank hastig das Glas leer, stand auf, ging auf den großen Mann zu. »Künstler? Musikanten seid ihr, weiter nichts! Der eine bläst in das Messingmundstück seines hölzernen Prügels, der andere bläst sich die Backen auf an seinem Waldhorn!

Nennt ihr das Kunst? Ein Handwerk ist's, eine Fertigkeit, die Geld einbringt, und damit holla! Künstler ihr!« Erregt warf Schubert das Punschglas um. Es rollte vom Tisch und zersprang auf dem Fußboden. Die Musiker wichen einige Schritte zurück. »Wißt ihr nicht, was der große Lessing sagt? Wie kann einer sein ganzes Leben lang nichts tun, als in ein Holz mit Löchern zu beißen! Das hat er gesagt oder so was Ähnliches. Ich bin ein Künstler, ich, der Schubert. Ich hab Großes gemacht und Schönes, das ihr gar nicht begreift. Und ich werd noch mehr machen, das Allerschönste, jawohl! Kantaten und Quartette, Opern und Sinfonien! Denn ich bin nicht bloß so ein Ländler-Komponist, wie's in der dummen Zeitung steht und wie's die dummen Menschen nachschwatzen. Ich bin Franz Schubert! Daß ihr's wißt! Und wenn das Wort Kunst ausgesprochen wird, ist von mir die Rede, nicht von euch Würmern!«
Die Musikanten standen mit offenen Mündern da. Nein, so hatten sie den Schubert noch nicht erlebt, diesen Mann, der immer so still und zurückhaltend unter ihnen weilte.
»Sei ruhig, Franzl«, mahnte Lachner.
»Jetzt red ich«, antwortete Franz, »gewiß, ich hab getrunken, aber wenn ich getrunken hab, kann ich reden, und was ich sag, das wollt ich schon lange sagen, schon immer. Ich möcht schreien, schreien gegen die verfluchte Ungerechtigkeit ...«
»Komm.« Es gelang Lachner, seinen Freund gewaltsam aus dem Wirtshaus zu führen.
»Glaubst du's vielleicht auch nicht, was ich geschrien hab, Lachner?«
»Ich glaub's, Franz.«
»'s war die Wahrheit, die sich in mir angestaut hat.«
Die Musikanten standen in der Tür und staunten dem kleinen Mann, der sie beleidigt hatte, hinterher. Einige blickte verächtlich, andere bedauerten den Komponisten.

Am 26. März 1827 starb Ludwig van Beethoven.
Dreißigtausend Trauernde begleiteten den Toten zum Friedhof, un-

ter ihnen Franz Schubert als einer von vielen Fackelträgern, die an den Seiten des langen Zuges gingen.
Nach dem Begräbnis lud Schubert zwei seiner Freunde ein, mit ihm ins Gasthaus »Zur Mehlgrube« zu gehen. Still setzten sie sich an den Tisch und bestellten eine Flasche Wein. »Und ich hab mit ihm kein einziges Wörtlein reden können«, sagte Franz. Er hob das Glas. »Auf das Andenken unseres unsterblichen Beethoven!«
Sie tranken die Gläser leer und füllten sie wieder.
Und abermals hob Schubert sein Glas und sagte zu seinen zwei Freunden: »Nun, und dieses auf denjenigen von uns dreien, der unserem Beethoven als erster nachfolgen wird!«
Keiner wußte, daß er seinem Tode zugetrunken hatte.
Spaun, der für einige Wochen nach Wien zurückgekehrt war, sagte zu Schubert: »Du siehst angegriffen aus, Franz. Und deine düstere Stimmung gefällt mir auch nicht.«
»Du wirst es bald begreifen, und hören wirst du's auch. Komm heut mit zu Schober, ich werde euch einen Zyklus schauerlicher Lieder vorsingen. Ich bin begierig zu sehen, was ihr dazu sagt. Sie haben mich mehr angegriffen, als dieses je bei andern Liedern der Fall war.«
So sang er ihnen an diesem Abend die Lieder der »Winterreise« vor. Zwischendurch ging er einmal hinaus und weinte, ohne daß es einer der Freunde bemerkt hatte.
Vierundzwanzig Lieder zählte der Zyklus, Lieder der Wehmut und Ausweglosigkeit. »Fremd bin ich eingezogen, fremd zieh ich wieder aus ...« Und in einem andern Lied hieß es:

> »Es schlafen die Menschen in ihren Betten,
> träumen sich manches, was sie nicht haben,
> tun sich im Guten und Argen erhaben;
> und morgen früh ist alles zerflossen.«

Die Freunde saßen bedrückt in der Stube, hörten zu und dachten: Es ist wahr, schauerliche Lieder sind's.

Und Schubert sang: »Eine Straße muß ich gehen, die noch keiner ging zurück.« Winterreise! Draußen schneite es, die Erde war hart gefroren, und dem jungen Schubert war, als wäre auch seine Seele erstarrt.

Schober sagte: »Mir hat nur ein Lied gefallen, Franzl, nämlich ›Der Lindenbaum‹[1].«

»Und mir gefallen diese Lieder mehr als alle, und sie werden euch auch noch gefallen, wartet nur!«

Der Frühling aber brachte wieder Sonnenschein und Schubert

[1] Am Brunnen vor dem Tore

freundlichere Gedanken. Die Freunde rieten ihn, ein eigenes Konzert zu geben. »Die Besucher werden sich um die Eintrittskarten reißen«, schrieb ihm überschwenglich Bauernfeld, ein Lustspieldichter, den er kennengelernt hatte, »und wenn Du nicht mit einem Schlage ein Krösus wirst, so genügt doch ein einziger Abend, um Dich fürs ganze Jahr zu decken. So ein Abend läßt sich alle Jahre wiederholen, und wenn die Neuigkeiten Aufsehen machen, wie ich gar nicht zweifle, so kannst Du Deine Diabellis, Artarias und Haslingers mit ihrer schäbigen Bezahlung bis ins unermeßliche hinauftreiben! Ein Konzert also, folge meinem Rat, ein Konzert!«
Es fand ein Jahr nach Beethovens Tode statt und wurde ein großer Erfolg, den die Wiener Zeitungen verschwiegen, da zu dieser Zeit der italienische Teufelsgeiger Paganini das Publikum in Atem hielt und die Zeitungen von seinen Konzerten reichlich berichteten.
Vom Reinertrag des Konzertes konnte sich Schubert endlich ein Klavier kaufen, ein eigenes Klavier, und er war glücklich, nicht mehr auf geliehenen Instrumenten spielen zu müssen.

Das Konzert und die jubelnden Zuhörer hatten ihm ein wenig Hoffnung wiedergegeben. Er glaubte erneut an die Menschen. Sie haben mich verstanden, dachte Schubert, ein Gefühl, das einem echten Künstler der schönste Lohn ist.
Sofort überfielen ihn neue Ideen. Und die Kraft war wieder da, eine wilde, unbändige Kraft, die ihn antrieb, Grenzen zu überschreiten, die er vorher nicht gewagt hatte anzutasten. Er schrieb seine große C-Dur-Sinfonie, eine Sinfonie der Freude, die aus der Finsternis dieser Jahre strahlt und ein Triumph seines Schaffens ist. Und er komponiert wieder Lieder, unter ihnen Gedichte von Heinrich Heine, und Sonaten für Klavier und eine Messe.
Fast zweiunddreißig Jahre ist er alt und ein Meister geworden, aber demütig geblieben vor der großen Kunst der Musik; der Meister geht am 4. November zu dem Hoforganisten Simon Sechter, einem bekannten Theoretiker, und meldet sich zum Unterricht an. Er wünscht ein gründliches Studium in Kontrapunkt und Fugensatz.
Eine Woche später legt er sich krank nieder. Sein Bruder Ferdinand, in dessen Haus er wohnt, pflegt ihn. Der November ist kühl und naß, der Regen rinnt an den Fensterscheiben herab, und das Zimmer ist kalt und feucht. Der Sonnenschein bleibt in diesen Tagen aus. Kein Vogel singt, und kein Spielmann zieht durch die Gasse.
Ein paar Freunde besuchen ihn am Krankenbett, Lachner, Spaun und Schober.
Einer kommt nicht: der Vater. Der Vater kommt nicht zu Franz. Er schreibt nur einen Brief an Ferdinand: »... Nichts bleibt uns in diesen traurigen Tagen übrig, als bei dem lieben Gott Trost zu suchen, und jedes Leiden, das uns nach Gottes weiser Fügung trifft, mit standhafter Ergebung in seinen heiligen Willen zu ertragen; und der Ausgang wird uns von der Weisheit und Güte Gottes überzeugen und beruhigen ... Sorge so viel als möglich, daß unser guter Franz unverzüglich mit den heiligen Sakramenten der Sterbenden versehen werde, und ich lebe in der tröstlichen Hoffnung, Gott wird ihn stärken und erhalten ...«

Aber er kam nicht, der Vater. Nur sein Brief kommt an jenem Tag, als der Kranke sagt: »Hier ist mein Ende!«
Es ist der 19. November 1828. Am Bett des Toten sitzt Ferdinand.
Auf einem Stuhl liegt das mit Bleistift geschriebene Lied: »Leise flehen meine Lieder ...«
Freunde tragen ihn zu Grabe, unter ihnen der Tischlergeselle Joseph vom Himmelpfortgrund. Unweit des Friedhoftores steht ein alter Spielmann und hat den Hut abgenommen.
In das Protokoll des Nachlasses schreibt ein Beamter: »Außer einigen alten Musikalien, geschätzt auf zehn Gulden, befindet sich vom Erblasser nichts vorhanden.«
Nichts?
Es reichte, um eine Welt zu beglücken; denn seine Musik lächelt weise über den Tod hinaus.

Inhalt

Quellennachweis

Das Leben Franz Schuberts wurde nach den historischen Unterlagen frei gestaltet. Folgende Bücher wurden dabei benutzt:

Harry Goldschmidt, Franz Schubert – Leipzig 1962
Werner Jaspert, Franz Schubert – Frankfurt (Main) 1941
Otto Erich Deutsch, Schubert – Leipzig 1957
Paul Mies, Franz Schubert – Leipzig 1954
Walther Vetter, Der Klassiker Schubert (2 Bände) – Leipzig 1953
László Fábián, Wenn Schubert ein Tagebuch geführt hätte – Budapest 1962
Richard Petzoldt, Franz Schubert – Leipzig 1955
Imre Ormay, Sie irrten sich, Herr Kritiker – Budapest und Leipzig 1961
Marianne Graefe, Schubert und seine Dichter – Leipzig 1953

ISBN 3-358-00740-5

14. Auflage 1986

Lizenz-Nr. 304-270/308/86-(227,5)
Gesamtherstellung: Karl-Marx-Werk Pößneck V 15/30
LSV 7512
Für Leser von 12 Jahren an
Bestell-Nr. 628 058 9
00500

Wandrer
Langsam, mit Ausdruck.
Singst.
Piano-
forte.
Der du von dem Himmel bist
all den Schmerz